OBRAS MAESTRAS
KHALIL GIBRÁN

Los dioses de la tierra. El loco. El
precursor. La procesión del mundo
ilusorio. Los secretos del corazón.
Escrito en el exilio. Arena y espuma.
Pensamientos y meditaciones

Daniel Carballo

Edición Cultural

CONTENIDO

KHALIL GIBRÁN

OBRAS MAESTRAS

- Edición Cultural -

LOS DIOSES DE LA TIERRA

Al llegar la oscuridad de la duodécima era,
el silencio absorbió, pleamar de la noche
las montañas todas.
En ese momento hicieron su aparición sobre las
cimas,
las tres deidades nacidas de la Tierra, Amos y padres de la Vida.
Las corrientes de agua pasaron a sus pies
y oleadas de niebla
sobre sus pechos se agolparon,
en tanto sus cabezas permanecieron erguidas
majestuosamente sobre el Mundo.
Y después dialogaron. Retorciéndose sus voces,
Con el retumbar distante del trueno
en el profundo valle.

EL PRIMER DIOS
Hacia el Este el viento encamina su Soplo.
Es mi deseo dirigir hacia el Sur mi rostro,
pues el Viento trae a mi olfato
El aroma a cosas ya muertas.

EL SEGUNDO DIOS
Es el aroma a cuerpos quemados,
puro y bueno.
Aspirarlo es mi deseo.

EL PRIMER DIOS
El aroma de la Muerte misma es,
consumida en su lenta flama,
que satura el aire.
Perturba y asquea a mis sentidos,
cual me produce aversión las miasmas
del Abismo.
Es mi deseo, entonces, voltear mi rostro
en dirección al Norte
que no está impregnado de malos olores.

EL SEGUNDO DIOS
Es la fragancia encendida
de la vida insatisfecha.
Es el perfume que aspirar quiero,
ahora y siempre.
Los dioses viven merced a los holocaustos
y a los sacrificios.
Mediante sangre pretenden apagar su sed,
y con espíritus jóvenes apaciguar sus almas;
dar fuerzas a su fortaleza con los eternos gemidos,
que las almas que viven en el corazón de la
muerte, exhalan.
Están sus tronos erigidos
sobre las cenizas del tiempo.

EL PRIMER DIOS
Mi espíritu se ha hartado y hastiado
de lo que existe. No moveré un dedo
para construir otra vez mundo alguno,
ni para hacer desaparecer mundo alguno de la

creación.
No existiría, si morir pudiera,
pues los milenios hacen sentir su peso,
sobre mis hombros y
el inagotable sonido de los mares
agota la fortuna de mi sueño.
¡Ah! si pudiera desprenderme de mi razón original
de ser, me desvanecería, igual que el sol
muere en su crepúsculo.
Desearía, si pudiera hacerlo,
desnudar a mi divinidad
de sus propósitos,
y en el cosmos exhalar
el soplo de mi mortalidad,
y así terminar de vivir para siempre.
¡Ojalá! me desvanezca y huya
de la memoria temporal.
A estar y existir en el cosmos del Tiempo.

EL TERCER DIOS
¡Oídme, hermanos míos!
¡Oídme hermanos antiguos!
En aquél valle un joven entona una canción,
canta los arcanos de su espíritu.
En el oído de la noche
de oro y ébano es su lira,
de plata y oro su voz.

EL SEGUNDO DIOS
No soy tan poco inteligente como para ansiar
no vivir, no ser.
No puedo elegir otro que el más escarpado

de los senderos, para dejarme llevar
por el camino de las estaciones,
y fortalecer el poder de los años;
la simiente sembrar y observar su germinación
en el centro de la tierra;
Alimentar a las flores con el empuje
con que luego podrá resguardar su existencia,
y después desenterrarla, en el momento de empe-
zar
la Tormenta a reír en la selva,
y a extraer a los seres humanos de la tiniebla
enigmática; mas permite que conserven las raíces
su
apego a la Tierra;
fomentar y sembrar, en él mismo, la sed de la existencia,
y transformar a la muerte en el copero,
brindarle el amor que tiene su origen en el dolor,
amor que se sublima en la añoranza,
que se multiplica en el Anhelo,
y que se esfuma en el abrazo primero,
para ceñir su noche
con las divinas ensoñaciones de los días
y en ellos verter
las revelaciones de las noches sagradas,
y después lograr que sus noches y días
no se metamorfoseen nunca;
para lograr de su inventiva,
un águila vigilante en las cumbres;
y de sus razonamientos
tormentas de océanos;

y después darle una mano lenta
para los juicios y para los deberes morales,
y un pie pesado en sus cavilaciones;
para brindarle felicidad para cantar su melopea
ante nosotros,
y tristeza para obligarlo a acudir a nuestro soco-
rro.
Y después humillarlo en su orgullo,
en el momento que la Tierra, de hambre,
grite pidiendo pan;
para subir su espíritu por sobre el cielo mismo,
para hacerlo saborear nuestro mañana
y permitir que su cuerpo se revuelque en el cieno
y no pueda olvidar, de esa manera, su ayer.
En esa forma conviene a nuestra Majestad
gobernar al ser humano
hasta el fin de los Tiempos,
regulando su hálito,
que comienza con el grito de su madre,
y culmina con el llanto
de sus hijos.

EL PRIMER DIOS

Mi corazón se consume por la sed;
empero no es mi deseo beber la sangre débil
de una estirpe bastarda;
pues la copa está sucia
y el vino que contiene, es amargo a mi gusto.
como tú soy: modelé el barro
y con él creé seres animados,
que respiran y jadean;

luego se escurrieron de entre mis dedos
en las montañas y en las selvas.

Al igual que tú, troqué en luz las tenebrosas
profundidades, en el Comienzo de la Vida,
vidas a las que después pude ver reptar
desde las cavernas y ascender a las elevadas
cimas de los montes.

Yo, al igual que tú, convoqué a la Primavera,
para subyugar y fascinar a los jóvenes,
y le adjudiqué el don de la Belleza,
para incitarla a evolucionar y producir.

Yo, al igual que tú, dirigí al hombre
de un templo a otro templo,
y transformé a sus mudos terrores
en algo indestructible, en Fe
que tiembla a causa nuestra,
sin que le fuera posible divisarnos ni comprender-
nos.

Yo, al igual que tú, puse por sobre mi cabeza la Tormenta
huracanada para que se prosterne delante nuestro;
e hice al suelo sacudirse bajo sus pies
para implorar y rogar nuestra ayuda.

Yo, al igual que tú, induje al desenfrenado mar,
que anegó la cuna de su islote,
hasta que murió gimiendo
e implorando,
todo esto es, y mucho más aún, lo que hice;
pero todo fue estéril e inútil.

¡Inútil es el despertar!

¡Inútil es el descansar!

Y tres veces es estéril e inútil el soñar.

EL TERCER DIOS
¡Hermanos! ¡Augustos hermanos!
En un claro del bosque de mirtos
hay una doncella que danza
en honor a la luna.
En su cabello han anidado mil estrellas,
como mil gotas de rocío,
y un millar de alas envuelven sus pies.

EL SEGUNDO DIOS
Hemos sembrado al ser humano,
y con su esencia hicimos nuestra viña;
hemos arado el suelo,
en la niebla rosada
de la más temprana aurora.
Hemos cuidado el retoño
de los tiernos sarmientos,
y vigilado y alimentado
a las hojas más nuevas,
atravesando los años,
que no supieron de estaciones.
Hemos cuidado los brotes
de las inclemencias del Tiempo,
Y hemos velado por que las flores crecieran sanas,
libres de los embates de los espíritus oscuros
y en este momento en que nuestras viñas
nos han dado la uva,
vosotros no la acarrearéis hasta el lagar
para colmar vuestras copas.
Vuestras manos son más diestras

que otras para cosechar.
Elevados son los planes
que esperan apagar vuestra sed
con el vino.
El hombre es la comida dilecta de los dioses.
La Gloria del hombre empieza
cuando las bocas divinas devoran
sus hálitos errabundos.
Todo lo que sea humano
es absolutamente sin valor,
si humano sigue siendo.
La pureza de los niños
y el dulce apasionamiento de la juventud;
el empuje de la virilidad de los hombres,
la madura Sabiduría de los viejos;
la majestad de los monarcas,
la gloria de los guerreros,
el reconocimiento de los poetas,
la bondad de los idealistas,
y la honorabilidad de los Santos:
todo esto y todo lo que transporta
en su pliegues,
es el alimento de los dioses.
Y solamente será pan, sin bendición,
hasta que los dioses lo lleven a su boca.
Igual que la espiga muda que se convierte en un
canto
de amor, en el pico de un ruiseñor,
de igual manera es el hombre, cuando está destinado
a ser alimento divino.

En ese momento su mayor goce será el ser sabo-
reado
por el dios.

EL PRIMER DIOS
Así es; es cierto que el hombre
es el alimento de los dioses.
Todo cuanto del hombre procede
será servido en los banquetes
de las deidades eternas.
De embarazo los dolores,
del parto el sufrimiento,
de los niños la gritería,
atraviesa el corazón de los cielos;
el llanto de la mujer que pelea
por poseer el ideal que ansía,
para poder verter de su seno
la vida marchita;
los apasionados suspiros que nacen
entrecortados de las gargantas de los jóvenes,
las lágrimas henchidas de sentimiento,
cuyos tesoros todavía no han sido hallados;
los rostros de los fuertes varones
que destilan sudor que abrasa
el árido suelo;
las aflicciones y la angustia de la vejez
senil y decrépita;
en el momento que la vida es invitación
al sepulcro, en contra de la voluntad
de la vida misma.
¡Ved! ¡Este es el hombre!

Un ser engendrado por el hambre,
para luego ser el alimento
de los voraces dioses;
es una vid que se arrastra
abajo de la tierra,
bajo las plantas de la muerte
que nunca muere.
Es como un capullo que crece y da flor
tan sólo en las noches de los malignos fantasmas.
Es como una uva que sólo madura
en los días que brotan las lágrimas
del horror, de la malignidad
y de la ignorancia.
Y a pesar de eso, deseáis que yo coma
y beba.
Me exigís que me acomode
entre los rostros amortajados,
y que dé de beber a mi existencia
de la boca petrificada,
y que acepte la inmortalidad
de manos yermas.

EL TERCER DIOS
¡Hermanos! ¡Oh, hermanos terribles!
Los jóvenes cantan en el fondo
del Valle; pero sus cantares ascienden
a las altas cumbres.
Con esa voz hacen tiritar al bosque
hendiendo el centro mismo de los cielos,
disolviendo las ensoñaciones de la tierra.

EL SEGUNDO DIOS

La abeja llena groseramente con el zumbar
tus oídos.
En tu boca la miel tiene sabor a hiel.
Sería mi deseo el consolarte; pero... ¿de qué manera lograrlo?
Cuando los dioses hablan con los dioses
solamente el Abismo los oye;
pues las profundidades que distancian a los dioses
son inconmensurables y sin fronteras.
El cosmos está callado: no sopla brisa.
Con todo ello quisiera consolarte.
Desearía hacer de tu mundo cubierto de nubarro-
nes
otro despejado y limpio;
y sin embargo ser los dos iguales en fortaleza
y en entendimiento, quisiera darte un consejo
franco.
En el momento que la Tierra nació del Caos;
y nosotros, hijos del Comienzo, nos conocimos
el uno al otro, en la luminosidad alba y pura,
en ese momento modulamos la primera voz, vi-
brante,
que le dio vida a las corrientes del agua y del aire.
Después caminamos, el uno junto al otro,
en el techo del planeta joven, inexperto.
Del rumor de nuestros pasos
surgió el Tiempo -una cuarta divinidad-
que siguió nuestro mismo sendero,
oscureciendo con su sombra
nuestros deseos y meditaciones,
y no supo mirar sino por la luz de nuestros ojos.

Después llegó la Vida a la Tierra,
y el espíritu se encarnó en la Vida.
El espíritu era una canción alada
en el Cosmos.
Y así gobernamos, reinando sobre la Vida
y el Espíritu.
Y nadie más que nosotros, nadie pudo entender
la longitud de los años,
y las templanzas de las ensoñaciones
nebulosas de las eras;
hasta que llegó el séptimo siglo,
entonces en la bajamar de su mediodía
hicimos venir al mar con el sol;
y del tálamo de esta santa unión
creamos al ser humano, que, pese a su endeblez
y fragilidad, prosigue llevando el signo
de la estirpe de sus padres.
Y por medio del ser humano que transita por la
tierra,
a medida que sus ojos van pegados a los astros,
hemos hallado senderos que llevan a los continen-
tes
más distantes del orbe.
Y del ser humano -él que es una humilde caña
crecida en aguas turbias-
construimos una flauta, en cuyo vacío corazón
siempre vertemos nuestra voz
para ser trasladada a los cuatro puntos cardinales
del Cosmos, callado y silencioso.
Y de las regiones del Norte
que no tienen al sol,

a los médanos del Sur, por el sol calcinados;
y desde la región de las flores de Loto
en donde nacen los días,
puedes ver al hombre, de vacilantes sentimientos,
en nuestra razón y causa hacerse fuerte;
se dirige mediante el laúd y el puñal,
difundiendo nuestro capricho,
propalando nuestra soberanía.
Los lechos de ríos que hollan sus amorosas plantas
son arroyos que van a la mar
de nuestros ideales.
Acomodados en nuestra altura
nos adormecemos en nuestras ensoñaciones,
en las horas de sueño del hombre
excitamos sus días para que deje
la llanura del horizonte inalcanzable,
y de esa manera buscar su mejoramiento en los
montes.
Las manos nuestras conducen y encaminan
las tormentas que destrozan el Cosmos;
dirigen al hombre de la tranquilidad estancada
y yerma
a la acción productiva
y desde ese lugar al Triunfo.
En los ojos nuestros hay visiones llenas de luz
que transforman el hálito del ser humano en Ho-
guera;
Y lo encaminan a una soledad elevada
y a una rebelde Profecía.
Y desde ese lugar al Calvario.
El ser humano ha nacido para ser esclavo;

su honor y su retribución son dominio de la esclavitud.

En el ser humano exigimos el signo de lo que
existe en nuestra esencia;
por intermedio de la vida suya
nosotros ansiamos hallar nuestro yo perfeccionado.
Si el polvo de la tierra acalla
y silencia el alma del ser humano,
¿qué alma podrá hacer repetir
la reverberancia de la Voz nuestra?
Y si la luz de los ojos del ser humano se ha apagado,
por la tiniebla nocturna,
¿quién podrá mirar el resplandor de nuestra Gloria?
¿Cuál es el destino que debemos dar al ser humano
si es el primogénito de nuestra alma
y fue concebido a nuestra imagen y semejanza?

EL TERCER DIOS
¡Hermanos! ¡Oh hermanos poderosos!
Los pies de la hermosa danzarina
se emborracharon con el licor de los cantares,
alarmando a las moléculas reverberantes del éter.
Ella es como una paloma,
que cierne por sus alas,
alzándose hacia lo alto.

EL PRIMER DIOS
La alondra que busca a otra alondra,
pero el águila vuela sobre ella.
La alondra no para nunca para escuchar el cantar.

Tú pretendes proclamar el amor propio,
y que sea continuado en la duración del ser humano,
de acuerdo con la esclavitud del ser humano.
Pero mi amor propio es ilimitado,
es inconmensurable. Yo quiero alzarme por sobre
lo perecedero
de mí, sobre la Tierra, y tomar para mí un trono
en lo alto. De esa manera abarcaré el Cosmos
con mis manos y rodearé los mundos.
Quiero hacer de la Vía Láctea mi arco,
y de las centellas mis saetas,
y con lo infinito pretendo hacerme dueño de lo infinito.
Pero tú no deseas hacer esto,
aunque fuera tu voluntad el hacerlo.
La relación que existe entre hombre y hombre
es idéntica a la existente entre dioses y dioses,
y tú deseas atraer a mi espíritu agotado
la remembranza de las escenas,
que se sucedieron en la noche
en el momento que mi corazón trataba de hallarse
a sí mismo
entre los montes,
y mis ojos han buscado su imagen
en las aguas serenas.
Pero la Amada de mi pasado,
murió al nacer,
y únicamente el silencio es visitante de su vientre,
y el polvo que el viento arrastra,
amamanta su seno.

¡Oh pasado mío! ¡Oh mi ayer perecedero!
¡Oh padre de mi divinidad esclavizada!
¿Qué Deidad Omnipotente te encarceló
en tu vuelo, y te obligó a nacer en una celda?
¿Qué Sol agigantado te contagió su calor
en tu vientre para engendrarme?
No es tuya mi bendición, pero tampoco mi maldición,
pues igual que has cargado mis hombros
con la agobiante carga de la vida,
de esa forma yo he cargado los hombros del ser
humano.
Pero he sido más compasivo que tú,
pues yo, inmortal, hice del ser humano,
una sombra fugaz; en tanto que tú, el mortal,
me has creado eterno.
¡Oh mi pasado! ¡Oh mi ayer perecedero!
¿Retornarás con el futuro distante?
Deseo llevarte para que te juzguen.
¿Despertarás con la segunda Alborada
de la vida, para quitar de la tierra
tu recuerdo atado a la Tierra?
Desearía yo que tu resurrección tuviera lugar,
junto a la de todos los antiguos cadáveres,
para que de esa manera se ahogue la tierra
con sus frutas amargas,
y se ensucien todos los océanos
con la sangre de los que han sido sacrificados en
ellos;
y que la tristeza, con otra más grande,
acaben con cuanto haya en la tierra

de inservible fertilidad.

EL TERCER DIOS
¡Oh, hermanos míos! ¡Oh hermanos sagrados!
Nuestra joven ha escuchado la seductora canción,
en este momento trata de encontrar al cantante.
Ella se siente como la gacela,
en la felicidad de su asombro.
Danza sobre las piedras,
Y a la orilla de los arroyos,
saltando en todas partes.
¡Qué hermosa es la alegría
que hace compañía a los deseos idos!
¡Que hermoso es el Ojo
que es abierto al Final nacido a medias!
¡Qué hermosa es la sonrisa que tiembla,
cuando goza
de una prometida alegría!
¿Cuál capullo es ése que surgió del espacio?
¿Cuál es esa flama que ha ascendido
del infierno, llevando a la esencia del silencio
a esta felicidad, y a este miedo de gemidos entrecortados?
¿Cuál es esa ensoñación que hemos tenido en lo
alto?
¿Cuál meditación es aquella que hemos mandado
en alas del Viento
y que despertó a la llanura somnolienta
haciendo levantar los párpados de la noche?

EL SEGUNDO DIOS
Te fue regalado el santo Telar,

la gracia y el arte de tejer
los vestidos.
Tanto la habilidad como el telar,
serán tu legado
por toda la Eternidad.
Junto a ellos te será dado
El oscuro hilo y la Luz,
y tuya será asimismo la púrpura y el oro,
pero tú tejes de ti mismo
una vestidura.
Tus manos tejieron del aire viviente
y del flamígero fuego, el espíritu humano mismo.
Pero ahora quieres cortar el hilo
y alejar tus poéticos dedos
en la inservible inmortalidad.

EL PRIMER DIOS
Sí, sí. Retiraré mi mano
hacia la eternidad, en donde las formas
no se han vaciado todavía.
En la campiña, que hasta este instante
ha permanecido virgen de huella alguna,
asentaré mis plantas.
¿Qué felicidad puedo hallar en escuchar
las canciones ya escuchadas por otros,
y que el recordar del oído,
colecciona sus cantares,
antes que la brisa las dé
al oleaje del viento?
Mi espíritu ansía lo que no puede
imaginar ni inventar.

No enviaré mi alma
más que a la tierra incógnita,
en donde no morará el recuerdo.
No me tientes, te lo ruego, con la gloria.
No busques para mí
un consuelo en tus ensoñaciones o en las mías;
pues todo lo que en mí existe
y en la tierra, y todo lo que existía
en el Cosmos, no podrá tentar a mi espíritu.
¡Oh, espíritu mío! Tu faz está silenciosa
y los nocturnos fantasmas
duermen detrás de tus párpados;
pero tu callar es horrible.
Asimismo tú lo eres.

EL TERCER DIOS
¡Oh, hermanos míos! ¡Oh, hermanos augustos y so-
lemnes!
La doncella halló al cantante;
y en este momento goza, observando la cara de su
amado.
Ella camina como una tigresa,
su majestuoso andar la lleva
entre viñedos y acantilados.
Él la observa a través de la canción de su amor.
¡Oh, hermanos míos! ¡Oh hermanos atolondrados!
¿Se encontrará en ese lugar otra sufriente divinidad,
y que con su dolor ha tejido
ese vestido púrpura y blanco?
¿Cuál estrella tan fugaz, es ésa

que huyó enloquecidamente?
¿Quién puede separar el alba del crepúsculo
aun secretamente?
¿Quién puede posar su mano
Sobre nuestro mundo?

EL PRIMER DIOS
¡Espíritu mío! ¡Espíritu mío!
¡Oh, esfera flamígera que me envuelve
con su ardor!
¿De qué manera podré encaminar sus pasos
y hacia qué Cosmos dirigir tus ansias?
¡Espíritu mío, que no hallas compañera!
En tu hambre, te cazas a ti mismo
con lágrimas tuyas pretendes aplacar tu sed;
pues la noche no guarda su rocío
en las copas tuyas,
y el día no te ofrece sus frutas.
¡Espíritu mío! ¡Espíritu mío!
Tú que quieres llevar tu nave a puerto,
henchida de ansias,
¿de dónde proceden los Vientos para hinchar
tu velamen?
¿Qué abundante marea llegará a liberar
tu proa?
Tu ancla lista se encuentra
y prontas están tus alas
para levantar vuelo;
pero el cielo que está sobre ti
está callado, y el calmo océano,
se mofa de ti.

Entonces... ¿qué esperanza podemos guardar
los dos: tú y yo?
¿Qué fluctuaciones en los mundos,
que cambios en los deseos,
y designios y propósitos
de lo alto te habrán de exigir?
¿Traerá el vientre de la virgen infinita
la simiente de tu Redentor,
ese que es más fuerte aún que tus propios sueños,
y cuya mano será tu salvación
del cautiverio y la esclavitud?

EL SEGUNDO DIOS
¡Acalla tus inoportunos aullidos
y los susurros de tu apasionado corazón!
Pues el oído de lo infinito está sordo,
y sin prestar atención la mirada del cielo.
Somos todo lo que hay atrás
y sobre este mundo.
Entre nosotros y la infinita Eternidad
no existe nada.
Sólo existen las pasiones nuestras,
que todavía no han terminado de formarse;
y nuestros designios que no se han
completado todavía.
Tú llamas a lo desconocido;
pero lo desconocido envuelto en la niebla move-
diza.
Mora en lo más profundo de tu espíritu.
Si, en lo hondo de tu alma,
reposa por siempre tu Salvador,

y en su dormir, observa lo que no sabrán observar
tus ojos abiertos.
Este es el misterio de nuestra vida.
¿Dejarás de recoger tu cosecha,
para arrojar apuradamente las simientes
en los surcos de tu soñar?
¿Por qué disipas tus nubes
en los áridos campos,
cuando el rebaño necesita de tu presencia?
Ve lentamente y observa este mundo:
fíjate en los hijos del amor tuyo aún no destetados.
Tu hogar es la tierra y a la vez tu trono
y encima de las más elevadas esperanzas
del hombre, tu mano apresa su destino.
No es tu deseo el soltarlo;
el que pelea por llegar a tu lado
con su dolor y con su felicidad,
en tanto que tu no desvías la mirada
De la necesidad que ves en sus ojos.

EL PRIMER DIOS
¿Abrazará el Alba a su pecho
el corazón de la noche?
¿Se sentirá preocupado el Océano por los
cuerpos de los que han muerto en él?
Mi espíritu, como el Alba, se despierta
en mis honduras, serena y desnuda.
Y, al igual que el mar, que no reposa
de esa forma mi espíritu aleja de sí
toda la hez del hombre
y de la tierra.

No me encariñaré a todo lo que se encariña
a mí;
pero yo quiero elevarme hasta llegar
a esa sublime Elevación, de cualquier
manera que pueda.

EL TERCER DIOS
¡Oh Hermanos míos, ved!
Dos almas parten rumbo a las estrellas.
Se encontraron en el Cosmos para examinarse.
Se observan, calladamente, el uno al otro.
El cantante interrumpió su melopea
pero su garganta calcinada por el sol,
se emociona todavía por la canción.
Su compañera, la danzarina,
detuvo el ritmo en su cuerpo,
mas no ha sido presa del sueño.
¡Oh hermanos míos!
¡Oh hermanos extraños!
La noche se vuelve más y más oscura,
y la luna más brillante.
Entre el océano y la selva,
nos invoca el amor en voz alta,
a reunirnos en su alma.

EL SEGUNDO DIOS
¡Qué fútil es el Vivir!
¡Qué inútil es el despertar
y el broncearse al rostro del sol!
¡Qué trivial es existir y ser el guardián
de las noches de los que están vivos,
de la misma manera que es el vigilante el Ojo de

Orión!
¡Qué vano es enfrentarse
con los vientos de los cuatro puntos del mundo,
con la altiva frente ceñida de laureles!
¡Qué banal es curar la maldad de los hombres
con hálitos, cuyo océano no tiene mareas!
El tejedor de oficio
ante su telar está sentado,
tejiendo sin cesar;
El alfarero hace girar su torno
sin ganas ni preocupación,
pero nosotros, que nunca dormimos
y que ningún saber se nos escapa,
nos hemos librado de la tenebrosidad
de la inseguridad y la duda.
Nosotros nunca dudamos,
ni ahondamos en el observar
y en el meditar,
pues nos hemos alzado
por encima de los cuestionamientos inquietos.
Vivamos alegres y en paz;
saquemos de su jaula y libertemos a las aves
de nuestras reflexiones.
Vayamos hacia la mar,
sin que nos rodeen
peñascos y acantilados:
y al llegar a las aguas
y al confundirnos con el oleaje,
en el fondo del mar,
cesaremos de meditar y de discutir,
en el destino del futuro,

eternamente.

EL PRIMER DIOS

¡Ah! ¡De qué manera nos causan un dolor inacaba-
ble,
esas profecías que parecen no tener fin!
¡De qué forma aburre esa vigilia
que encamina el día
hasta el atardecer,
y la noche, encaminándose hacia el Alba!
¡Ah! de esta corriente que nos lleva
a la perenne memoria y al permanente olvido.
¡Ah! de esta continua siembra
de las simientes del Destino,
y de las que únicamente cosechamos
esperanza.
¡Ah! de esta inmutable elevación del yo,
desde la polvareda de la tierra
hasta la niebla, para que, al ansiar
la tierra, vuelva a aposentarse en la tierra,
y al crecer nuevamente su ansia,
se eleve buscando la niebla.
¡Ah! de esa medida que jamás varía,
fuera de la fluctuación de su propio tiempo.
¿Ansiará mi espíritu ser un océano
cuyas mareas y marejadas se entrecruzan
inacabables, o el Cosmos en el cual
las brisas se transformen en tormentas?
Si yo fuese un hombre;
si yo fuese un ciego aroma,
hubiese logrado soportar todo esto;

o si fuese yo el Dios Altísimo,
que llena el vacío del hombre
y de los dioses
me hubiera bastado con ser yo mismo.
Mas tú y yo no somos hombres
Ni tampoco somos el Altísimo Supremo
que está por encima de nosotros.
Somos atardeceres que nunca cesan
de nacer y morir,
de aparecer y desaparecer,
de un horizonte a otro.
Somos dioses aferrados a los humanos,
Y éstos a nosotros.
Es nuestro destino a soplar en los cuernos;
pero el alma que sopla, y la melodía
arrancada de nuestros instrumentos,
no son nuestros;
provienen del cielo.
Por ese motivo es que deseo la rebeldía,
quiero sacar todo lo que en mí existe,
hasta quedarme vacío.
Es mi deseo esconderme del recuerdo
de este silencioso joven,
que nuestro hermano menor es,
Y que sentado está cerca nuestro,
mirando hacia aquel valle.
A pesar de desplegar sus labios,
No pronuncia una sola palabra.

EL TERCER DIOS
Yo hablo, hermanos negligentes,

y únicamente la verdad pronuncio;
mas vosotros únicamente escucháis vuestras palabras.
Os ruego que veáis a vuestra gloria
y a la mía en vez de plegar los párpados,
y voltear los rostros del mío,
apartando vuestro trono.
¡Oh, señores gobernantes
que ansiáis posar los pies
sobre el mundo superior,
y el mundo inferior!
¡Oh dioses egoístas, cuyo pasado
está constantemente envidiando vuestro futuro!
¡Oh dioses hastiados por vuestra carga agobiante;
que saciáis la agresividad de vuestra furia
con vocablos;
que castigáis vuestros ojos con centellas!
Vuestra discusión no es otra cosa
que la voz de un antiguo laúd,
que los dedos del Todopoderoso
no saben tocar ya sino a medias.
Ese Todopoderoso que utiliza
a las Pléyades por címbalos,
y a Orión por cítara,
que hasta en este momento,
en que gritáis y tartamudeáis,
toca y tañe su címbalo y su cítara.
Os pido que oigáis sus cantares.
Ved: un hombre y una mujer:
una llamarada sobre otra llamarada,
Y que se consumen en el éxtasis amoroso

y apasionado.
Raíces que se amamantan del seno purpúreo
de la tierra;
Capullos llameantes sobre el pecho altísimo del
cielo.
Nosotros somos ese seno purpúreo
y el cielo inmortal.
Nuestro espíritu es el espíritu de la vida,
es, vuestro espíritu y el mío;
pero es que, por esta vez, pasa la noche
en una ardiente garganta,
sobre el cuerpo de una doncella virginal,
con un manto de agitado oleaje.
Vuestro poder no cambiará
las cosas que nos han sido encomendadas.
Vuestros pesares y dolores
son la encarnación de la avidez;
pues todo será borrado algún día de la faz de la tierra,
dentro del apasionamiento del hombre
y el sentimiento amoroso de la Virgen.

EL SEGUNDO DIOS
¿Por qué ese enamoramiento entre el hombre
y la mujer?
Ve de qué manera danza el viento del Norte,
con sus ligeros pasos,
y de qué forma el viento del Poniente sopla,
entonando una canción.
Observa a nuestra santa causa
sentada, ya, en su trono,

con la languidez y entrega de un alma,
Que modula su canción a un cuerpo que danza.

EL PRIMER DIOS

No miraré yo el orgullo presuntuoso
de la tierra,
ni tendré siquiera a sus hijos en cuenta,
en su sufrimiento, que ellos llaman amor.
¿Y qué otra cosa es el amor sino un escondido tambor,
que dirige una enorme procesión de dulce inseguridad,
a una forma diferente de un lento sufrir?
No quiero yo observar esa fantasía.
¿Qué cosas se ven allí, sino a una mujer
y un hombre, en la selva que ha brotado
para cazarlos con sus artimañas,
a inculcarles la negación del yo,
y el engendramiento de sus hijos
para nuestro futuro,
aún no engendrado?

EL TERCER DIOS

¡Ah! del sufrimiento que engendra la sabiduría;
del espeso velo mediante el cual
nuestros cuestionamientos e investigaciones,
cubrieron el rostro de la Tierra;
del llamado a la guerra que, en cada minuto,
formulamos a la paciencia de los hombres.
Nosotros dejamos bajo cada roca
una figura de cera;
después decimos que es una forma de barro

¡que en barro acabe!
Con nuestras manos tomamos la blanca llama
y luego decimos a nuestros espíritus:
Es el aroma de nuestro yo, que retorna
al lado nuestro;
Y un soplo de nuestros soplos que huyó de nosotros
y que luego tratamos de hallar en nuestras manos
y en nuestra boca más aromas.
¡Hermanos míos! ¡Dioses de la tierra!
Aunque estuviéramos en lo más elevado
del acantilado,
continuaremos yendo
en dirección a la tierra, por intermedio de los hombres,
que anhelan las doradas horas
que se encuentran en el destino de su hermano
el ser humano.
¿Será despojada por nuestra sabiduría la hermosura
de su mirada?
¿Disminuirán nuestros límites su pasión al acallamiento?
¿Las alzarán hasta nuestro propio apasionamiento?
¿Que podrán hacer los ejércitos de vuestras reflexiones
frente a los poderosos ejércitos del Sentimiento?
Pero aquellos que fueron
por el amor vencidos,
y sobre sus cuerpos muertos desfilaron sus carros

y naves,
desde las naves hasta el acantilado,
y desde el acantilado hasta los mares
se detienen ahora, y en cualquier momento,
abrazándose entre sí, con respeto y con sonrojo.
Al reunir los pétalos de los capullos
de su amor,
huelen el santo aroma de la vida,
en la unión de sus espíritus,
encuentran a la vida misma,
retratándose sobre sus ojos
un rezo que hasta nosotros se eleva.
El sentimiento es una tiniebla que se inclina
con respeto dentro de una santa
tienda.
Es un cielo que se transformó en selva.
Es todas las estrellas transformadas
en luciérnagas.
Lo cierto es que somos todo lo que se encuentra
atrás
y sobre este planeta;
pero el sentimiento se encuentra muy lejos
de poder ser alcanzado por nuestros
cuestionamientos;
y demasiado sublime como para llegar hasta él,
con nuestro cantar.

EL SEGUNDO DIOS
¿Es acaso tu búsqueda un mundo lejano
y procuras dejar de pensar en las estrellas
en las que has sembrado tu vigor y tu fuerza?

En el cosmos no existe sitio donde no contraigan
nupcias
el espíritu con el espíritu
y en donde la Belleza fuera sacerdote y testigo.
Observa y verás cómo la Belleza está difundida
ante nuestras plantas;
mira bien cómo desborda la Belleza
nuestras manos
para esconder nuestra boca con humillación.
Lo más distante y lo más cercano,
y en cualquier parte donde la Belleza se encuentre,
en ese lugar se encontrará todo lo demás.
¡Oh, soñador y sublime hermano mío!
Regresa a nosotros
y abandona esa etapa de oscura melancolía.
Aleja tus huellas del "no-lugar"
y del "no-tiempo",
y ven a vivir entre nosotros,
en esta confiada paz,
que tus manos a la par de las nuestras
han construido piedra sobre piedra.
Libérate de los velos
de las palpitaciones de tu corazón.
Conviértete en nuestro compañero,
en el Gobierno de este país cálido y joven
por su verdor majestuoso.

EL PRIMER DIOS
¡Altar eterno!
¿Es cierto que necesitas un dios
para sacrificar esta noche,

en holocausto tuyo?
Pues aquí estoy: a ofrendarte voy
mi Amor y mi Sufrimiento.
Allá estará en pie la danzarina
que fue esculpida en nuestra más antigua
ansia.
El cantante modulará mis melopeas
en el oleaje marino.
En esa danza y en ese cantar
fallecerá un dios omnipotente
muy dentro de mí.
El dios de mi alma
que mora tras mi pecho
busca al dios de mi alma
que tiene su morada en el Viento.
Y el humano abismo
que tantas otras veces ha invadido mi paz,
requiere a gritos al dios
La Belleza que hemos ansiado
desde el comienzo,
asimismo lo llama.
Y en el momento que lo escuchaba,
también media ese llamamiento.
y en este momento rindo mis armas.
La belleza es un Camino que lleva
al yo sacrificado por su propia mano,
y ahora tañe sus cuerdas;
listo me encuentro a transitar
ese camino,
que se aleja hasta una nueva
aurora.

EL TERCER DIOS
¡Ha vencido el Amor!
Ya fuere, el Amor, blanca pureza,
o verdor esmeralda, a la vera de un claro lago:
ya fuere la majestad o la estilizada elegancia,
en las altas torres;
o si se hallara en un paraíso frecuentado
por la gente,
o en un desierto virgen de huella humana,
el amor es nuestra Divinidad,
y nuestro Maestro
en todos los instantes.
El amor es como una voluptuosa degustación
y transitorio deleite del cuerpo;
no es las migajas del deseo, caídas
por la lucha entre el deseo y el yo.
No, y tampoco es el cuerpo en armas
contra el Alma;
Pues el amor no entiende de rebeldía;
pero sin embargo deja el sendero de los destinos
antiguos,
para caminar en dirección del bosque santo,
y allí cantar y danzar
las melopeas de sus Arcanos
en el oído del Infinito.
El Amor es como una Juventud
que ha cortado sus cadenas,
en gallarda virilidad,
que se ha liberado del cansancio
y dolor de la tierra;

una femineidad apasionada,
abrasada por la santa llama,
iluminada por la luz de un Cielo
que es más claro que el nuestro.
El Amor es como una risa lejana y distante
en las honduras de nuestra alma;
el Amor es como una irresistible compulsión
que te conduce hasta el propio despertar.
El Amor es como una nueva Aurora sobre la Tierra:
es un Día que no llegan a distinguir
ni mis ojos ni tus ojos;
Pero ha legado a los más santos
templos de ese Día,
por intermedio de su enorme alma.
¡Hermanos, hermanos míos!
La doncella llega desde el espíritu
de la Aurora, para encontrarse
con su amado, que desde el Poniente llega.
Habrá boda en todo el valle
y un día más grandioso
que toda su historia.

EL SEGUNDO DIOS
Fue así desde la primera mañana,
he dejado en libertad a la tierra llana
para que fuera a las montañas y valles
y de esa manera será hasta la marea de la tarde pos-
trera,
el postrer crepúsculo.
Nuestras raíces hicieron reverdecer
las ramas que en el valle danzan;

somos los capullos y los perfumes del cantar
que desborda lo alto.
Lo perenne y lo perecedero
son dos ríos paralelos que buscan
continuamente la mar.
En medio de una búsqueda y otra búsqueda
no existe el vacío, sino en el oído.
La Temporalidad educa nuestros oídos
para mayor seguridad,
añadiendo aún más a sus ansias.
La voz no se calla en la garganta muerta
que no duda;
pero nosotros nos hemos alzado
por encima de la duda.
El hombre es el hijo más pequeño
de nuestra alma.
El ser humano es una deidad
que se eleva gravemente
a su propia divinidad.
Entre su sufrimiento y su felicidad
reposamos, soñando
nuestras ensoñaciones.

EL PRIMER DIOS
Permite que el cantante module,
y que la bailarina dance,
permíteme estar un momento en paz.
Mi espíritu quiere reposar esta noche;
puede ser que el sueño sea más fuerte que yo.
En mis ensoñaciones construyo un mundo
mucho más luminoso que éste:

seres más hermosos que los
nuestros llegan veladamente
a ocupar mis reflexiones.

EL TERCER DIOS

En este momento me elevo, y me libero
de las fronteras del tiempo y el espacio.
Danzaré en aquella huerta que no ha sido hollada
por pie de hombre alguno.
Con los míos, se moverán los pies de la danzarina.
haré música en el centro de ese elevado mundo.
Quizá alguna humana voz se acoplará a mi voz.
Rebasaremos al horizonte distante,
quizá nos despertaríamos en la aurora
de un mundo lejano.
Mas el Amor perdura, y nunca se olvidarán
las marcas de sus dedos.
El santo fuego arde, y cada chispa que vuela
es un sol apagado.
Más nos conviniera,
más aconsejable sería
para nuestro gobierno
encontrar un minúsculo escondrijo
en donde poder dormir nuestra
terráquea divinidad,
postergando los inconvenientes del Reinado nuestro
para el día siguiente,
en aras de ese Amor de la endeble humanidad.

FIN

EL LOCO

Me preguntáis como me volví loco. Así sucedió:

Un día, mucho antes de que nacieran los dioses, desperté de un profundo sueño y descubrí que me habían robado todas mis máscaras -sí; las siete máscaras que yo mismo me había confeccionado, y que llevé en siete vidas distintas-; corrí sin máscara por las calles atestadas de gente, gritando:

-¡Ladrones! ¡Ladrones! ¡Malditos ladrones!

Hombres y mujeres se reían de mí, y al verme, varias personas, llenas de espanto, corrieron a refugiarse en sus casas. Y cuando llegué a la plaza del mercado, un joven, de pie en la azotea de su casa, señalándome gritó:

-Miren! ¡Es un loco!

Alcé la cabeza para ver quién gritaba, y por vez primera el sol besó mi desnudo rostro, y mi alma se inflamó de amor al sol, y ya no quise tener máscaras. Y como si fuera presa de un trance, grité:

-¡Benditos! ¡Benditos sean los ladrones que me robaron mis máscaras!

Así fue que me convertí en un loco.

Y en mi locura he hallado libertad y seguridad; la libertad de la soledad y la seguridad de no ser comprendido, pues quienes nos comprenden esclavizan una parte de nuestro ser.

Pero no dejéis que me enorgullezca demasiado de mi

seguridad; ni siquiera el ladrón encarcelado está a salvo de otro ladrón.

DIOS

En los días de mi más remota antigüedad, cuando el temblor primero del habla llegó a mis labios, subí a la montaña santa y hablé a Dios, diciéndole:

-*Amo, soy tu esclavo. Tu oculta voluntades mi ley, y te obedeceré por siempre jamás.*

Pero Dios no me contestó, y pasó de largo como una potente borrasca.

Y mil años después volví a subir a la montaña santa, y volví a hablar a Dios, diciéndole:

-*Creador mío, soy tu criatura. Me hiciste de barro, y te debo todo cuanto soy.*

Y Dios no contestó; pasó de largo como mil alas en presuroso vuelo.

Y mil años después volví a escalar la montaña santa, y hablé a Dios nuevamente, diciéndole:

-*Padre, soy tu hijo. Tu piedad y tu amor me dieron vida, y mediante el amor y la adoración a ti heredaré tu Reino.* Pero Dios no me contestó; pasó de largo como la niebla que tiende un velo sobre las distantes montañas.

Y mil años después volví a escalar la sagrada montaña, y volví a invocar a Dios, diciéndole:

-*¡Dios mío!, mi supremo anhelo y mi plenitud, soy tu ayer y eres mi mañana. Soy tu raíz en la tierra y tú eres mi flor en el cielo; junto creceremos ante la faz del sol.*

Y Dios se inclinó hacia mí, y me susurró al oído

dulces palabras. Y como el mar, que abraza al arroyo que corre hasta él, Dios me abrazó.

Y cuando bajé a las planicies, y a los valles vi que Dios también estaba allí.

AMIGO MÍO

Amigo mío... yo no soy lo que parezco. Mi aspecto exterior no es sino un traje que llevo puesto; un traje hecho cuidadosamente, que me protege de tus preguntas, y a ti, de mi negligencia.

El "yo" que hay en mí, amigo mío, mora en la casa del silencio, y allí permanecerá para siempre, inadvertido, inabordable.

No quisiera que creyeras en lo que digo ni que confiaras en lo que hago, pues mis palabras no son otra cosa que tus propios pensamientos, hechos sonido, y mis hechos son tus propias esperanzas en acción.

Cuando dices: "El viento sopla hacia el oriente", digo: "Sí, siempre sopla hacia el oriente"; pues no quiero que sepas entonces que mi mente no mora en el viento, sino en el mar.

No puedes comprender mis navegantes pensamientos, ni me interesa que los comprendas. Prefiero estar a solar en el mar.

Cuando es de día para tí, amigo mío, es de noche para mí; sin embargo, todavía entonces hablo de la luz del día que danza en las montañas, y de la sombra purpúrea que se abre paso por el valle; pues no puedes oír las canciones de mi oscuridad, ni puedes ver mis alas que se agitan contra las estrellas, y no me interesa que oigas ni que veas lo que pasa en mí; prefiero estar a solas con la noche.

Cuando tú subes a tu Cielo yo desciendo a mi infierno. Y aún entonces me llamas a través del golfo infranqueable que nos separa: " ¡Compañero! ¡Camarada!" Y te contesto:

"¡Compañero!   ¡Camarada!, porque no quiero que veas mi Infierno. Las llamas te cegarían, y el humo te ahogaría. Y me gusta mi Infierno; lo amo al grado de no dejar que lo visites. Prefiero estar solo en mi Infierno.

Tu amas la Verdad, la Belleza y lo Justo, y yo, por complacerte, digo que está bien, y simulo amar estas cosas. Pero en el fondo de mi corazón me río de tu amor por estas entidades. Sin embargo, no te dejo ver mi risa: prefiero reír a solas.

Amigo mío, eres bueno, discreto y sensato; es más: eres perfecto. Y yo, a mi vez, hablo contigo con sensatez y discreción, pero... estoy loco. Sólo que enmascaro mi locura. Prefiero estar loco, a solas.

Amigo mío, tú no eres mi amigo. Pero, ¿cómo hacer que lo comprendas? Mi senda no es tu senda y, sin embargo, caminamos juntos, tomados de la mano.

EL ESPANTAPÁJAROS

-Debes de estar cansado de permanecer inmóvil en este solitario campo- dije en día a un espantapájaros.

-La dicha de asustar es profunda y duradera; nunca me cansa- me dijo.

Tras un minuto de reflexión, le dije:

-Es verdad; pues yo también he conocido esa dicha.

-Sólo quienes están rellenos de paja pueden conocerla -me dijo.

Entonces, me alejé del espantapájaros, sin saber si me había elogiado o minimizado.

Transcurrió un año, durante el cual el espantapájaros se convirtió en filósofo.

Y cuando volví a pasar junto a él, vi que dos cuervos habían anidado bajo su sombrero.

LAS SONÁMBULAS

En mi ciudad natal vivían una mujer y sus hijas, que caminaban dormidas.

Una noche, mientras el silencio envolvía al mundo, la mujer y su hija caminaron dormidas hasta que se reunieron en el jardín envuelto en un velo de niebla.

Y la madre habló primero:

- ¡Al fin! -dijo-. ¡Al fin puedo decírtelo, mi enemiga! ¡A ti, que destrozaste mi juventud, y que has vivido edificando tu vida en las ruinas de la mía! ¡Tengo deseos de matarte!

Luego, la hija habló, en estos términos:

- ¡Oh mujer odiosa, egoísta .y vieja! ¡Te interpones entre mi libérrimo ego y yo! ¡Quisieras que mi vida fuera un eco de tu propia vida marchita! ¡Desearías que estuvieras muerta!

En aquel instante cantó el gallo, y ambas mujeres despertaron.

-¿Eres tú, tesoro? -dijo la madre amablemente.

-Sí; soy yo, madre querida -respondió la hija con la misma amabilidad.

EL PERRO SABIO

Un día, un perro sabio pasó cerca de un grupo de gatos. Y viendo el perro que los gatos parecían estar absortos, hablando entre sí, y que no advertían su presencia, se detuvo a escuchar lo que decían.

Se levantó entonces, grave y circunspecto, un gran gato, observó a sus compañeros.

-Hermanos -dijo-, orad; y cuando hayáis orado una y otra vez, y vuelto a orar, sin duda alguna lloverán ratones del cielo.

Al oírlo, el perro rió para sus adentros, y se alejó de los gatos, diciendo:

-¡Ciegos e insensatos felinos! ¿No está escrito, y no lo he sabido siempre, y mis padres antes que yo que lo que llueve cuando elevamos al Cielo súplicas y plegarias son huesos, y no ratones?

LOS DOS ERMITAÑOS

En una lejana montaña vivían dos ermitaños que rendían culto a Dios y que se amaban uno al otro.

Los dos ermitaños poseían una escudilla de barro que constituía su única posesión.

Un día, un espíritu malo entró en el corazón del ermitaño más viejo, el cual fue a ver al más joven.

-Hace ya mucho tiempo que hemos vivido juntos -le dijo-. Ha llegado la hora de separarnos. Por tanto, dividamos nuestras posesiones.

Al oírlo, el ermitaño más joven se entristeció.

-Hermano mío -dijo-, me causa pesar que tengas que dejarme. Pero si es necesario que te marches, que así sea. Y fue por la escudilla de barro, y se la dio a su compañero, diciéndole

-No podemos repartirla, hermano; que sea para ti.

-No acepto tu caridad -replicó el otro-. No tomaré sino lo que me pertenece. Debemos partirla.

El joven razonó:

-Si rompemos la escudilla, ¿de qué nos servirá a ti o a mí? Si te parece, propongo que la juguemos a suerte.

Pero el ermitaño persistió en su empeño.

-Sólo tomaré lo que en justicia me corresponde, y no confiaré la escudilla ni mis derechos a la suerte. Debe partirse la escudilla.

El ermitaño más joven, viendo que no salían razones, dijo:

-Está bien: si tal es tu deseo, y si te niegas a aceptar la escudilla, rompámosla y repartámosla.

Y entonces el rostro del ermitaño más viejo se descompuso de ira, y gritó:

- ¡Ah, maldito_ cobarde! no te atreves a pelear, ¿eh?

DEL DAR Y EL RECIBIR

Había una vez un hombre que poseía todo un valle lleno de agujas. Y un día, la madre de Jesús acudió a aquel hombre y le dijo:

-Amigo mío, la túnica de mi hijo se rasgó, y tengo que remendársela antes de que salga para el templo. ¿Quieres darme una de tus agujas?

Pero, en vez de darle la aguja, aquel hombre pronunció un erudito discurso acerca *Del dar y del recibir,* para que María se lo repitiera a su Hijo antes de que éste saliera para el templo.

LOS SIETE EGOS

En la hora más silente de la noche, mientras estaba yo acostado y dormitando, mis siete egos sentáronse en rueda a conversar en susurros, en estos términos:

Primer Ego: -He vivido aquí, en este loco, todos estos años, y no he hecho otra cosa que renovar sus penas de día y reavivar su tristeza de noche. No puedo soportar más mi destino, y me rebelo.

Segundo Ego: -Hermano, es mejor tu destino que el mío, pues me ha tocado ser el ego alegre de este loco. Río cuando está alegre y canto sus horas de dicha, y con pies alados danzo sus más alegres pensamientos. Soy yo quien se rebela contra tan fatigante existencia.

Tercer Ego: - ¿Y de mi qué decís, el ego aguijoneado por el amor, la tea llameante de salvaje pasión y fantásticos deseos? Es el ego enfermo de amor el que debe rebelarse contra este loco.

Cuarto Ego: -El más miserable de todos vosotros soy yo, pues sólo me tocó en suerte el odio y las ansias destructivas. Yo, el ego tormentoso, el que nació en las negras cuevas del infierno, soy el que tiene más derecho a protestar por servir a este loco.

Quinto Ego: -No; yo soy, el ego pensante, el ego de la imaginación, el que sufre hambre y sed, el condenado a vagar sin descanso en busca de lo desconocido y de lo increado... soy yo, y no vosotros, quien tiene más derecho a rebelarse.

Sexto Ego: -Y yo, el ego que trabaja, el agobiado trabajador que con pacientes manos y ansiosa mirada va modelando los días en imágenes y va dando a los elementos sin forma contornos nuevos y eternos... Soy yo, el solitario, el que más motivos tiene para rebelarse contra este inquieto loco.

Séptimo Ego: - ¡Qué extraño que todos os rebeléis contra este hombre por tener a cada uno de vosotros una misión prescrita de antemano! ¡Ah! ¡Cómo quisiera ser uno de vosotros, un ego con un propósito y un destino marcado! Pero no; no tengo un propósito fijo: soy el ego que no hace nada; el que se sienta en el mudo y vacío espacio que no es espacio y en el tiempo que no es tiempo, mientras vosotros os afanáis recreándoos en la vida. Decidme, vecinos, ¿quién debe rebelarse: vosotros o yo?

Al terminar de hablar el Séptimo Ego, los otros seis lo miraron con lástima, pero no dijeron nada más; y al hacerse la noche más profunda, uno tras otro se fueron a dormir, llenos de una nueva y feliz resignación.

Sólo el Séptimo Ego permaneció despierto, mirando y atisbando a la Nada, que está detrás de todas las cosas.

LA GUERRA

Una noche, hubo fiesta en palacio, y un hombre llegó a postrarse ante el príncipe; todos los invitados se quedaron mirando al recién llegado, y vieron que le faltaba un ojo, y que la cuenca vacía sangraba. Y el príncipe le preguntó a aquel hombre:

-¿Qué te ha sucedido?

- ¡Oh príncipe! -respondió el hombre-, mi profesión es ser ladrón, y esta noche, como no hay luna, fui a robar la tienda del cambista, pero mientras subía y entraba por la ventana cometí un error, y entré en la tienda del tejedor, y en la oscuridad tropecé con el telar del tejedor, y perdí un *ojo*. Y ahora, ¡oh príncipe! suplico justicia contra el tejedor.

El príncipe mandó traer al tejedor y, al llegar éste al palacio, el soberano decretó que le vaciaran un *ojo*.

- ¡Oh príncipe! -dijo el tejedor-, el decreto es justo. No me quejo de que me hayan sacado un *ojo*. Sin embargo, ¡ay de mí!, necesitaba yo los dos *ojos* para ver los dos lados de la tela que hago. Pero tengo un vecino de oficio zapatero, que tiene los dos *ojos* sanos, y en su trabajo no necesita los dos *ojos*...

El príncipe entonces, envió por el zapatero. Y éste acudió, y le sacaron un *ojo*.
¡Y se hizo justicia!

LA ZORRA

Al amanecer, una zorra miró su sombra, y se dijo:
-Hoy almorzaré un camello. -Y pasó toda la mañana buscando camellos. Pero al mediodía volvió a mirar su sombra, y se dijo: -Bueno... me conformaré con un ratón.

EL REY SABIO

Había una vez, en la lejana ciudad de Wirani, un rey que gobernaba a sus súbditos con tanto poder como sabiduría. Y le temían por su poder, y lo amaban por su sabiduría.
Había también un el corazón de esa ciudad un pozo de agua fresca y cristalina, del que bebían todos los habitantes; incluso el rey y sus cortesanos, pues era el único pozo de la ciudad.
Una noche, cuando todo estaba en calma, una bruja entró en la ciudad y vertió siete gotas de un misterioso líquido en el pozo, al tiempo que decía:
-Desde este momento, quien beba de esta agua se volverá loco.
A la mañana siguiente, todos los habitantes del reino, excepto el rey y su gran chambelán, bebieron del pozo y enloquecieron, tal como había predicho la bruja.
Y aquel día, en las callejuelas y en el mercado, la

gente no hacía sino cuchichear:

-El rey está loco. Nuestro rey y su gran chambelán perdieron la razón. No podemos permitir que nos gobierne un rey loco; debemos destronarlo.

Aquella noche, el rey ordenó que llenaran con agua del pozo una gran copa de oro. Y cuando se la llevaron, el soberano ávidamente bebió y pasó la copa a su gran chambelán, para que también bebiera.

Y hubo un gran regocijo en la lejana ciudad de Wirani, porque el rey y el gran chambelán habían recobrado la razón.

AMBICIÓN

Una vez sentáronse a la mesa de una taberna tres hombres. Uno de ellos era tejedor, el otro carpintero, y el tercero sepulturero.

-Hoy vendí una fina mortaja de lino en dos monedas de oro -dijo el tejedor-. Por tanto, bebamos todo el vino que nos plazca.

-Y yo -dijo el carpintero-, vendí mi mejor ataúd. Además del vino, que nos traigan un suculento asado.

-Yo sólo cavé una tumba -dijo el sepulturero-, pero mi amo me pagó el doble. Que nos traigan también pasteles de miel.

Y durante toda aquella noche hubo gran movimiento en la taberna, pues los tres amigos a menudo pedían más vino, carne y pasteles. Y estaban muy contentos.

Y el tabernero se frotaba las manos, sonriendo a

su mujer, pues los huéspedes gastaban espléndidamente.

Al salir los tres amigos de la taberna la luna ya estaba en lo alto; iban caminando los tres felices cantando y gritando. El tabernero y su mujer parados a la puerta de la taberna, miraron complacidos a sus huéspedes.

- ¡Ah! - ¡qué caballeros tan generosos y alegres! - exclamó la mujer-. Ojalá que nos trajeran suerte y todos los días fueran así; nuestro hijo no tendría que trabajar de tabernero, ni tendría que afanarse tanto: podríamos darle una buena educación, para que fuera sacerdote.

EL NUEVO PLACER

Anoche inventé un nuevo placer. Y me disponía a probarlo por vez primera cuando un ángel y un demonio llegaron presurosos a mi casa. Ambos se encontraron en mi puerta y disputaron acerca de mi placer recién creado; uno de los dos gritaba:

-¡Es un pecado!

Y el otro, en igual tono aseguraba: - ¡Es una virtud!

EL OTRO IDIOMA

A los tres días de nacido, mientras yacía en mi cuna forrada de seda, mirando con asombrada desilusión el nuevo mundo que me rodeaba, mi madre dijo a mi nodriza: -¿Cómo está mi hijo?

-Muy bien, señora -mi nodriza le contestó-, lo

he alimentado tres veces, y nunca he visto a un niño tan alegre, no obstante lo tierno que es.

Y yo me indigné, y lloré, exclamando

-No es verdad, madre: porque mi lecho es duro, la leche que he succionado es amarga, y el olor del pecho es desagradable a mi nariz, y soy muy desgraciado.

Pero mi madre no me comprendió, ni la nodriza; pues el idioma en que había yo hablado era el del mundo del que yo procedía.

Y cuando cumplí veintiún días de vida, mientras me bautizaban, el sacerdote le dijo a mi madre:

-Debe usted ser muy feliz, señora, de que su hijo haya nacido cristiano.

Me asombré mucho al oír aquello, y le dije al sacerdote: -en ese caso, la madre de usted, no está en el Cielo, debe ser muy infeliz, pues usted no nació cristiano.

Pero el sacerdote tampoco entendió mi idioma.

Y siete lunas después, cierto día, un adivino me miró y le dijo a mi madre:

-Su hijo será un estadista, y un gran líder de los hombres.

-¡Falso! -grité yo-. Esa es una falsa profecía; porque yo seré músico, y nada más que músico!

Y tampoco en esa ocasión y teniendo yo esa edad entendían mi idioma, lo cual me asombraba mucho.

Y después de treinta y tres años, durante los cuales han muerto ya mi madre, mi nodriza y el sacerdote (la sombra de Dios proteja sus espíritus), sólo sobrevive el adivino. Ayer lo vi cerca de la entrada del templo, y mientras conversábamos, me dijo:

-Siempre supe que serías músico; que llegarías a ser un gran músico. Eras muy pequeño cuando profeticé tu futuro.

Y le creí, pues ahora yo también he olvidado el idioma de aquel otro mundo.

LA GRANADA

Una vez, mientras vivía yo en el corazón de una granada, oí que una semilla decía;

-Algún día me convertiré en un árbol, y cantará el viento en mis ramas, y el sol danzará en mis hojas, y seré fuerte y hermoso en todas las estaciones.

Luego, otra semilla habló, y dijo: -Cuando yo era joven, como tú ahora, yo también pensaba así; pero ahora que puedo ponderar mejor todas las cosas, veo que mis esperanzas eran vanas.

Y una tercera semilla se expresó así: -No veo en nosotras nada que prometa tan brillante futuro.

Y una cuarta semilla dijo: - ¡Pero que ridícula sería nuestra vida, sin la promesa de un futuro mejor!

La quinta semilla opinó: -.¿Para qué disputar acerca de lo que seremos, si ni siquiera sabemos lo que somos?

Pero la sexta semilla replicó: -Seamos lo que seamos, lo seremos siempre.

Y la séptima semilla comentó: -Tengo una idea muy clara acerca de cómo serán las cosas en lo futuro, pero no la puedo expresar con palabras.

Y luego habló una octava semilla, y una novena, y luego una décima, y luego muchas, hasta que todas hablaban a un tiempo y no pude distinguir nada de lo que decían todas esas voces.

Así pues, aquel mismo día me mudé al corazón de un membrillo, donde las semillas son escasas y casi mudas.

LAS DOS JAULAS

En el jardín de mi padre hay dos jaulas. En una está encerrado un león, que los esclavos de mi padre trajeron del desierto de Ninavah; en la otra vive un gorrión que no canta. Al amanecer, todos los días, el gorrión le dice al león: -Buenos días, hermano prisionero.

LAS TRES HORMIGAS

Tres hormigas se encontraron en la nariz de un hombre que estaba tendido, durmiendo al sol. Y después de saludarse cada hormiga a la manera y usanza de su propia tribu, se detuvieron allí, a conversar.

-Estas colinas y estas llanuras -dijo la primera hormiga- son las más áridas que he visto en mi vida; he buscado todo el día algún grano, y no he encontrado nada.

-Yo tampoco he encontrado nada -comentó la segunda hormiga- aunque he visitado todos los escondrijos. Esta es, supongo, la que llama mi gente la blanda tierra móvil donde no crece nada.

-Amigas mías -dijo la tercera hormiga, alzando la cabeza-, estamos paradas ahora en la nariz de la Suprema Hormiga, la poderosa e infinita Hormiga, cuyo cuerpo es tan grande que no podemos verlo, cuya sombra es tan vasta que no podemos abarcar, cuya voz es tan potente que no podemos oírla; y esta Hormiga es omnipresente.

Al terminar la tercera hormiga de decir esto, las otras dos se miraron, y rieron.

En ese momento el hombre se movió, y en su sueño alzó la mano para rascarse la nariz, y aplastó a las tres hormigas.

EL SEPULTURERO

Una vez, mientras yo estaba enterrando a uno de mis egos, se acercó a mí el sepulturero, para decirme:

-De todos los que vienen aquí a enterrar a sus egos muertos, sólo tú me eres simpático.

-Me halagas mucho -le repliqué-; pero, ¿por qué te inspiro tanta simpatía?

-Porque todos llegan aquí llorando -me contestó el sepulturero-, y se van llorando; sólo tú llegas riendo, y te marchas riendo, cada vez.

EN LA ESCALINATA DEL TEMPLO

Ayer tarde, en la escalinata de mármol del templo vi a una mujer sentada entre dos hombres. Una de las mejillas de la mujer estaba pálida, y la otra, sonrojada.

LA CIUDAD BENDITA

Era yo muy joven cuando me dijeron que en cierta ciudad todos sus habitantes vivían con apego a las Escrituras.

Y me dije: "Buscaré esa ciudad y la santidad que en ella se encuentra". Y aquella ciudad quedaba muy lejos de mi patria. Reuní gran cantidad de provisiones para el viaje, y emprendí el camino. Tras cuarenta días de andar divisé a lo lejos la ciudad, y al día siguiente entré en ella.

Pero, ¡oh sorpresa! vi que todos los habitantes de esa ciudad sólo tenían un ojo y una mano. Me asombró mucho aquello, y me dije: "¿Por qué tendrán los habitantes de esta santa ciudad sólo un ojo, y sólo una mano?"

Luego, vi que también ellos se asombraban, pues les maravillaba que yo tuviera dos manos y dos ojos. Y como hablaban entre sí y comentaban mi aspecto, les pregunté:

-¿Es esta la Ciudad Bendita, en la que todos viven con apego a las Escrituras?

-Sí, esta es la Ciudad, Bendita -me contestaron.

Y añadí-; ¿Qué desgracia os ha ocurrido, y qué sucedió a vuestros ojos derechos y a vuestras manos derechas?

Toda la gente parecía conmovida.

-Ven; y observa por ti mismo -me dijeron.

Me llevaron al templo, que estaba en el corazón de la ciudad. Y en el templo vi una gran cantidad de manos y ojos, todos secos.

-¡Dios mío! -pregunté-, ¿qué inhumano conquistador ha cometido esta crueldad con vosotros?

Y hubo un murmullo entre los habitantes. Uno de los más ancianos dio un paso al frente, y me dijo:

-Esto lo hicimos nosotros mismos: Dios nos ha convertido en conquistadores del mal que había en nosotros.

Y me condujo hasta un altar enorme; todos nos siguieron. Y aquel anciano me mostró una inscripción grabada encima del altar. Leí: "Si tu ojo derecho peca, arráncalo y apártalo de ti; porque es preferible que uno de tus miembros perezca, a que todo tu cuerpo sea arrojado al infierno. Y si tu mano derecha peca, córtatela y apártala de ti, porque es preferible que uno de tus miembros perezca, a que todo tu cuerpo sea arrojado al infierno".

Entonces comprendí: Y me volví hacia el pueblo congregado, y grité: "¿No hay entre vosotros ningún hombre, ninguna mujer con dos ojos y dos manos?"

Me contestaron: "No; nadie; sólo quienes son aún demasiado jóvenes para leer las Escrituras y comprender su mandamiento".

Y al salir del templo inmediatamente abandoné aquella Ciudad Bendita, pues no era yo demasiado joven, y sí sabía leer las Escrituras.

EL DIOS BUENO Y EL DIOS MALO

El Dios Bueno y el Dios Malo se entrevistaron en la

cima de la montaña.

-Buenos días, hermano -dijo el Dios Bueno. El Dios Malo no contestó el saludo.

Y el Dios Bueno prosiguió: -Estás hoy de mal humor.

-Si -dijo el Dios Malo-, porque últimamente me confunden contigo, me llaman por tu nombre y me tratan como si fuera tú, y esto me desagrada mucho.

--Pues has de saber que también a mí me han llamado por tu nombre -dijo el Dios Bueno.

Al oír esto, el Dios Malo siguió su camino, y se fue maldiciendo la estupidez de los hombres.

DERROTA

Derrota, mi derrota, mi soledad y mi aislamiento: Para mí eres más valiosa que mil triunfos,

Y más dulce para mi corazón que toda la gloria mundanal.

Derrota, mi derrota, mi conocimiento de mí mismo y mi desafío.

Tú me has enseñado que soy joven aún y de pies ligeros y a no dejarme engañar por laureles vanos.

Y en ti he encontrado la dicha de estar solo Y la alegría de ser alejado y despreciado.

Derrota, mi derrota, mi fulgurante espada y mi escudo:

En tus ojos he leído que ser entronizado es ser esclavizado, y que ser comprendido es ser derribado. Y que ser apresado es llegar a la propia madurez Y como un fruto maduro, caer y ser objeto de consumo.

Derrota, mi derrota, mi audaz compañera:

Oirás mis cantos, mis gritos y silencios, y nadie más que tú me hablará del batir de las alas. De la impetuosidad de los mares. Y de montañas que arden en la noche.

Y sólo tú escalarás mi inclinada y rocosa alma. Derrota, mi derrota, mi valor indómito inmortal. Tú y yo reiremos juntos con la tormenta.

Y juntos cavaremos tumbas para todo lo que muere en nosotros. Y hemos de erguirnos al sol, como una sola voluntad. Y seremos peligrosos.

LA NOCHE Y EL LOCO

Soy como tú, ¡oh Noche!, oscuro y desnudo; camino por la flameante senda que está por encima de mis sueños diurnos, y siempre que mi planta toca la tierra brota de ella un roble.

-No; no eres como yo, ¡oh Loco!, pues aún te vuelves a ver cuán grande es la huella de tus pasos en la arena.

-Soy como tú, ¡oh Noche!, silente y profundo, y en el corazón de mi soledad yace una diosa en trabajo de parto; y en el ser que de ella está naciendo el Cielo toca al infierno.

-No; no eres como yo, ¡oh **Loco!,** pues te estremeces aún antes de sentir el dolor, y el canto del abismo te aterroriza.

-Soy como tú, ¡oh Noche!, salvaje y terrible; pues mis oídos perciben los gritos de naciones conquistadas y suspiros de olvidadas tierras.

-No; no eres como yo, ¡oh Loco!, pues aún consideras a tu pequeño ego un compañero, y no puedes ser amigo de tu monstruoso ego.

-Soy como tú, ¡oh Noche!, cruel y terrible, pues mi pecho está alumbrado por barcos que arden en el mar, y mis labios están húmedos de sangre de guerreros degollados.

-No; no eres como yo, ¡oh Loco!, pues aún está en tí el anhelo de encontrar a tu alma gemela, y no has llegado a ser ley para ti mismo.

-Soy como tú, ¡oh Noche!, gozoso y alegre; pues quien mora en mi sombra está ahora ebrio de vino virgen, y quien me sigue va pecando con regocijo.

-No; no eres como yo, ¡oh Loco!, pues tu alma está envuelta en el velo de los siete pliegues, y no llevas en la mano el corazón.

-Soy como tú, ¡oh Noche!, paciente y apasionado; pues en mi pecho están enterrados mil amantes muertos, envueltos en sudarios de marchitos besos.

Loco, ¿de veras piensas que eres como yo? ¿Te pareces a mí? ¿Puedes cabalgar en la tempestad como un potro salvaje, y asir el relámpago cual si fuera una espada?

-Sí; como tú, ¡oh Noche!, como tú, soy poderoso y alto, y mi trono se asienta sobre montañas de dioses caídos; y también ante mí desfilan los días para besar la orla de mi veste, sin atreverse a mirarme al rostro.

-¿Piensas que eres como yo, tú, el hijo de mi más oscuro corazón? ¿Puedes pensar mis indómitos pensamientos y hablar mi vasto lenguaje?

-Sí; somos hermanos gemelos, ¡oh Noche!; pues tú revelas el espacio, y yo revelo mi alma.

ROSTROS

He visto un rostro con mil semblantes, y un rostro que tenía sólo un semblante, como si estuviera contenido en un molde inmutable.

He visto un rostro cuyo brillo podía ver a través de la fealdad que lo cubría, y un rostro cuyo brillo tuve que apartar, para ver cuán hermoso era.

He visto un viejo rostro lleno de arrugas de la nada, y un rostro lozano en el que estaban grabadas todas las cosas. Conozco todos los rostros, porque los veo a través de la urdimbre que mis ojos van tejiendo, y miro la realidad que está detrás del tejido.

EL MAR MAYOR

Mi alma y yo fuimos a bañarnos al gran mar. Y al llegar a la playa, empezamos a buscar un sitio solitario y escondido.

Pero mientras caminábamos por la playa vimos a un hombre sentado en una roca gris, que tomaba de un saco puñados de **sal y los** arrojaba al mar.

-Este es el pesimista -dijo mi alma-. Vámonos de aquí, pues no podemos bañarnos en presencia del pesimista. Seguimos caminando, hasta llegar a una caleta; allí vimos, de pie en una roca blanca, a un hombre que llevaba un cofre enjoyado, del que tomaba azúcar para arrojarla al mar.

-Y este es el optimista -dijo mi alma-, tampoco él debe ver nuestros cuerpos desnudos.

Seguimos caminando. Y en otro lugar de la playa vimos a un hombre que tomaba con la mano peces muertos, y los devolvía al agua.

-Tampoco podemos bañarnos enfrente de este hombre -dijo mi alma-, pues este es el filántropo.

Y seguimos nuestro camino.

Luego nos encontramos a un hombre que trazaba el contorno de su sombra en la arena. Llegaban grandes olas y borraban el trazo; sin embargo, aquel hombre seguía una y otra vez dibujando su sombra.

-Este es el místico -dijo mi alma-. Apartémonos de él.

Y seguimos caminando, hasta que en otra calmada ensenada vimos a otro hombre, que recogía espuma del mar y la vertía en un vaso de alabastro.

-Este es el idealista -dijo mi alma-. De ninguna manera debe ver nuestra desnudez.

Y seguimos caminando. De pronto, oímos una voz, que gritaba:

- ¡Este es el mar; el vasto y poderoso mar!

Y al acercarnos vimos que era un hombre que daba la espalda al mar y que aplicaba un caracol a su oído, para oír el murmullo marino.

-Pasemos de largo -dijo mi alma-. Este es el realista; el que da la espalda a todo lo que no puede abarcar de una mirada, y se contenta con un fragmento del todo.

Y pasamos de largo. Y en un lugar lleno de maleza, entre las rocas, un hombre había enterrado su cabeza en la arena. Y le dije a mi alma:

-Nos podemos bañar aquí, pues este hombre no puede vernos.

-No -dijo mi alma-. Porque éste es el más mortífero de todos los hombres; es el puritano. - Luego, una gran tristeza se reflejó en el rostro de mi alma, y también entristeció su voz. -Vámonos de aquí -dijo-. Pues no hay ningún solitario y oculto lugar donde podamos bañarnos. No dejaré que este viento juegue con mi cabellera de oro, ni dejaré que este viento acaricie mi seno desnudo, ni que esta luz descubra mi sagrada desnudez.

Y luego abandonamos aquel mar, para ir en busca del Mar Mayor.

CRUCIFICADO

- ¡Quisiera ser crucificado! -grité a los hombres.

-¿Por qué habría de caer tu sangre sobre nuestras cabezas? -me respondieron.

Y yo respondí:-¿De qué otra manera podríais ser exaltados, sino crucificando a los locos?

Y ellos asintieron, y me crucificaron. Y la crucifixión me apaciguó.

Y cuando pendía entre el cielo y la tierra alzaron la cabeza para mirarme. Y estaban exaltados, pues nunca habían alzado la cabeza.

Pero mientras estaban allí, en pie, mirándome, uno de ellos gritó:

-¿Qué estás tratando de expiar?

Y otro hombre gritó:-¿Por qué causa te sacrificas?

Y un tercer hombre dijo: -¿Crees que a ese precio adquirirás la gloria del mundo?

Y luego dijo un cuarto hombre:- ¡Mirad cómo sonríe! ¿Puede perdonarse tal dolor?

Y yo les contesté a todos, diciendo:

-Recordad sólo que he sonreído. No estoy expiando nada, ni sacrificándome, ni deseo la gloria: y no tengo que perdonar nada. Yo tenía sed y les supliqué me dieran de beber mi sangre. Porque, ¿qué puede saciar la sed de un loco, sino su propia sangre? Estaba yo mudo, y les pedí que me hirieran, para tener bocas. Estaba yo prisionero en vuestros días y en vuestras noches, y busqué una puerta hacia más vastos días y más vastas noches.

"Y ahora, me voy, como se han ido ya otros crucificados. Y no penséis que nosotros los locos estamos cansados de tanta crucifixión. Pues debemos ser crucificados por hombres cada vez más grandes, entre tierras más vastas y cielos más espaciosos.

EL ASTRÓNOMO

A la sombra del templo mi amigo y yo vimos a un ciego, sentado allí, solitario.

-Mira -dijo mi amigo-: ese es el hombre más sabio de nuestra tierra.

Me separé de mi amigo y me acerqué al ciego. Lo saludé. Y conversamos.

Poco después le dije:

-Perdona mi pregunta: ¿desde cuándo eres ciego? -Desde que nací -fue su respuesta.

-¿Y qué sendero de sabiduría sigues? -le dije entonces.

-Soy astrónomo -me contestó el ciego. -Luego, se llevó la mano al pecho, y dijo:-Sí; observo todos estos soles, y estas lunas, y estas estrellas.

EL GRAN ANHELO

Aquí estoy, sentado entre mi hermana la montaña y mi hermana la mar.

Los tres somos uno en nuestra soledad, y el amor que nos une es profundo, fuerte y extraño. En realidad, este amor es más profundo que mi hermana la mar y más fuerte que mi hermana la montaña, y más extraño que lo insólito de mi locura.

Han pasado eones y más eones desde que la primera alborada gris nos hizo visibles uno al otro; y aunque hemos visto el nacimiento, la plenitud y la muerte de muchos mundos, aún somos vehementes y jóvenes.

Somos jóvenes y vehementes, y no obstante estamos solos y nadie nos visita, y a pesar de que yacemos en un abrazo casi completo y sin trabas, no hemos hallado consuelo. Pues, decidme: ¿qué consuelo puede haber para el deseo controlado y la pasión inexhausta? ¿De dónde vendrá el flamígero dios que dé calor al lecho de mi hermana la mar? ¿Y qué torrentes aplacará el fuego de mi hermana la montaña? ¿Y qué mujer podrá adueñarse de mi corazón?

En el silencio de la noche, en sueños, mi hermana la mar susurra el ignoto nombre del dios flamígero, y mi hermana la montaña llama a lo lejos al fresco y distante dios-torrente. Pero yo no sé a quién llamar en mi sueño.

Aquí estoy sentado, entre mi hermana la montaña y mi hermana la mar. Los tres somos uno en nuestra soledad, y el amor que nos une es en verdad profundo, fuerte, y extraño...

DIJO UNA HOJA DE HIERBA

Dijo una mata de hierba a una hoja de otoño:

- ¡Al caer haces tanto ruido, que espantas a todos mis sueños invernales!

-Ser de baja cuna y de miserable morada -dijo la hoja, indignada-, ser malhumorado y sin canto: ¡tú no vives en la región alta del aire, y desconoces el sonido del canto!

Luego, la hoja de otoño cayó sobre la tierra, y se durmió. Y al llegar la primavera, la hoja despertó nuevamente, y se convirtió en una mata de hierba.

Y cuando el otoño llegó, y la mata de hierba comenzó a adormecerse con el sueño invernal, las hojas del otoño, meciéndose en el viento, iban cayendo sobre ella. Entonces se dijo, enojada: "¡Ah, estas hojas de otoño! ¡Cuánto ruido hacen! ¡Espantan a todos mis sueños invernales!"

EL OJO

Un día dijo el Ojo:

-Más allá de estos valles veo una montaña envuelta en azul velo de niebla. ¿No es hermosa?

El Oído oyó esto, y tras escuchar atentamente otro rato, dijo:

-Pero; ¿dónde está esa montaña? No la oigo...

Luego, la Mano habló, y dijo:

-En vano trato de sentirla o tocarla; no encuentro ninguna montaña.

Y la Nariz dijo:

-No hay ninguna montaña por aquí; no la huelo.

Luego, el Ojo se volvió hacia el otro lado, y los demás sentidos empezaron a murmurar de la extraña alucinación del Ojo. Y decían entre sí: "¡Algo debe de andar mal en el Ojo!"

LOS DOS ERUDITOS

Vivían en la antigua ciudad de Aflcar dos eruditos que odiaban y despreciaban cada uno el saber del otro: Porque uno de ellos negaba que los dioses existieran, y el otro era creyente.

Un día ambos se encontraron en el mercado, y en medio de sus partidarios empezaron a discutir acerca de la existencia o de la no existencia de los dioses. Y separáronse tras horas de acalorada disputa.

Aquella noche, el incrédulo fue al templo y se postró ante el altar, y pidió a los dioses que le perdonaran su antigua impiedad.

Y a la misma hora, el otro erudito, el que había defendido la existencia de los dioses, quemó todos sus libros sagrados, pues se había convertido en incrédulo.

CUANDO NACIÓ MI TRISTEZA

Cuando nació mi Tristeza, le prodigué mil cuidados, y la vigilé con amorosa ternura.

Y mi Tristeza creció como todos los seres vivientes, fuerte y hermosa y llena de maravillosas gracias.

Y mi tristeza y yo nos amábamos, y amábamos al mundo que nos rodeaba. Pues mi Tristeza era de corazón bondadoso, y el mío también era amable cuando estaba lleno de Tristeza.

Y cuando hablábamos, mi Tristeza y yo, nuestros días eran alados y nuestras noches estaban engalanadas de sueños; porque mi Tristeza era elocuente, y mi lengua también era elocuente con la Tristeza.

Y cuando mi Tristeza y yo cantábamos juntos, nuestros vecinos sentábanse a la ventana a escucharnos; pues nuestros cantos eran profundos como el mar, y nuestras melodías estaban impregnadas de extraños recuerdos.

Y cuando caminábamos juntos, mi tristeza y yo, la gente nos miraba con amables ojos, y cuchicheaba con extremada dulzura. Y también había quien nos envidiara, pues mi Tristeza era un ser noble, y yo me sentía orgulloso de mi Tristeza. Pero murió mi Tristeza, como todo ser viviente, y me quedé solo, con mis reflexiones.

Y ahora, cuando hablo, mis palabras suenan pesadas en mis oídos.

Y cuando canto, mis vecinos ya no escuchan mis canciones.

Y cuando camino solo por la calle, ya nadie me mira. Sólo en sueños oigo voces que dicen compadecidas: "Mirad: allí yace el hombre al que se le murió su Tristeza".

Y CUANDO NACIÓ MI ALEGRÍA...

Y cuando nació mi Alegría, la alcé en brazos y subí con ella a la azotea de mi casa, a gritar:
- ¡Venid, vecinos!   ¡Venid a ver! Porque hoy ha nacido mi Alegría: venid a contemplar este ser placentero que ríe bajo el sol.

Pero qué grande mi sorpresa porque ningún vecino mío acudió a contemplar mi Alegría.

Y todos los días, durante siete lunas, proclamé el advenimiento de mi Alegría desde la azotea de mi casa, pero nadie quiso escucharme. Y mi Alegría y yo estábamos solos, sin nadie que fuera a visitarnos.

Luego, mi Alegría palideció y enfermó de hastío, pues sólo yo gozaba de su hermosura, y sólo mis labios besaban sus labios.

Luego, mi Alegría murió, de soledad y aislamiento.

Y ahora sólo recuerdo a mi muerta Alegría al recordar a mi muerta Tristeza. Pero el recuerdo es una hoja de otoño que susurra un instante en el viento, y luego no vuelve a oírse más.

"EL MUNDO PERFECTO"

Dios de las almas perdidas, tú que estás perdido entre los dioses, escúchame:

Vivo entre una raza de hombres perfecta, yo, el más imperfecto de los hombres.

Yo, un caos humano, nebulosa de confusos elementos, deambulo entre mundos perfectamente acabados; entre pueblos que se rigen por leyes bien elaboradas y que obedecen un orden puro, cuyos pensamientos están catalogados, cuyos sueños son ordenados, y cuyas visiones están inscritas y registradas.

Sus virtudes, ¡oh Dios!, están medidas, sus pecados están bien calculados por su peso, y aun los innumerables actos que suceden en el nebuloso crepúsculo de lo que no es pecado ni virtud están registrados y catalogados.

En este mundo, las noches y los días están convenientemente divididos en estaciones de conducta y están gobernados por normas de impecable exactitud.

Comer, beber, dormir, cubrir la propia desnudez, y luego cansarse, todo a su debido tiempo.

Trabajar, jugar, cantar, bailar, y luego yacer tranquilo, cuando el reloj da la hora para ello.

Pensar esto, sentir aquello, y luego dejar de pensar y de sentir cuando cierta estrella se alza en el horizonte.

Robar al vecino con una sonrisa, dar regalos con un gracioso ademán, elogiar prudentemente, acusar con cautela, destruir un alma con una palabra, quemar un cuerpo con el aliento, y luego lavarse las manos, cuando se ha terminado el trabajo del día.

Amar según el orden establecido, entretenerse en lo mejor de uno mismo según cierta manera prefabricada, rendir culto a los dioses con el debido decoro, intrigar y engañar a los demonios diestramente, y luego olvidarlo todo, como si la memoria hubiese muerto.

Imaginar con un motivo determinado; proyectar con consideración; ser feliz dulcemente; sufrir con nobleza; y luego, vaciar la copa, de manera que mañana podamos llenarla otra vez.

Todas estas cosas, ¡oh Dios!¡, están concebidas con preclara visión, han nacido con un propósito firme, se mantienen con esmero y exactitud, se gobiernan según las normas y la razón, y luego se asesinan y se entierran según el método prescrito. Y aun sus silenciosas tumbas que yacen dentro del alma humana, cada una tiene su marca y su número.

Es un mundo perfecto; de maravillas; el más maduro fruto del jardín de Dios; el pensamiento rector del universo.

Pero dime, ¡oh Dios!, ¿por qué tengo que estar allí, yo, semilla de pasión insatisfecha, loca tempestad que no va en pos del oriente ni del occidente, aturdido fragmento de un planeta que pereció en las llamas?

¿Por qué estoy aquí, ¡oh Dios! de las almas perdidas? Dímelo tú, oh Dios, que te encuentras perdido entre los demás dioses...

FIN

EL PRECURSOR

Tú eres el precursor de ti mismo, amigo mío, y las torres y ciudadelas erigidas en tu vida no son más que cimiento para la esencia soberbia que a su vez será cimiento para la otra.

Yo soy como tú, precursor de mí mismo, porque la sombra desplegada ante mí, a la salida del sol, eclipsará bajo mis pies al mediodía. Amanecerá nuevamente y otra sombra se bosquejará; también ésta se esfumará, otra vez, bajo mis pies, al otro día.

Somos desde el principio precursores de nosotros mismos, y así seremos hasta la eternidad. Todo lo que acumulamos en nuestra vida no es más que una semilla que preparamos para un erial. Somos el erial y los sembradores; somos la fruta y los cosechadores.

Cuando eras, amigo mío, un pensamiento perdido en la tiniebla, yo era, como tú, otro pensamiento extraviado. Te llamé y acudiste a mi llamado. De nuestros afanes nacieron los sueños. Los sueños eran tiempo sin cadena, y los tiempos fueron espacio sin fin.

Eras una palabra muda entre los temblorosos labios de la vida; también era yo, como tú, otra palabra muda, y no bien nos pronunció la vida cuando asomamos al mundo con corazones vibrantes por el recuerdo del pasado y con el afán para el mañana. Y el pasado no es más que la muerte expulsada; y el mañana es el nacimiento buscado.

Ahora estamos en manos de Dios. Tú eres un sol radiante en su derecha y yo una tierra iluminada en su izquierda. Tu poder en la iluminación no es superior al mío en reflejar tu luz.

Y nosotros no somos el sol ni la tierra sino el comienzo de un sol más grande y de una tierra más gigantesca. Así seremos hasta el fin de los siglos.

Tú eres el predecesor de ti mismo, ¡oh, extraño!, tú, que franqueas el umbral de mi jardín; yo soy, como tú, precursor de mí mismo, no obstante vivir bajo la sombra de mis árboles, reposado y tranquilo.

EL AMOR

Se cuenta que el zorro bebe junto al león de una misma fuente. Y se dice que el águila y el milano devoran juntos la carroña sin disputas y en total armonía.

¡Oh, justo amor! Tú que has refrenado el capricho de mis pasiones con poderosa mano, y has convertido mi hambre y mi sed en altivez y magnanimidad, no permitas al fuerte soberbio que habita en mí comer el pan ni beber el vino que cautivan mi débil ser. Hazme recordar mejor y habré muerto de hambre. Deja mi corazón inflamarse de sed. Será mejor morir y extinguirse que tomar en la mano una copa que tú no has llenado, ni un vaso de licor que tú no has bendecido.

LAS CUATRO RANAS

El saber y el medio saber

Estaban cuatro ranas sentadas sobre _un grueso tronco de leña que flotaba a la orilla de un anchuroso río. Una ola furiosa arrastró al tronco hasta la mitad del río, donde la corriente lo condujo con el curso del agua. Alborozáronse las ranas por el encanto de su expedición y comenzaron a saltar sobre el tronco porque jamás se vieron navegar mar adentro. Pasado un momento de silencio la primera rana gritó:

- ¡Qué tronco más curioso y extraño! Mirad, compañeras, cómo viaja igual que los seres vivientes. Jamás he visto ni oído hablar de cosa tan parecida.

La segunda rana: -Este tronco no camina, se mueve, amiga mía; y tampoco es extraño y curioso cómo te lo has imaginado. Las aguas del río que corren de por sí hacia el mar conducen con ellas a este tronco que a su vez nos conduce con él.

La tercera rana: -No, por mi vida, compañeras, os equivocáis. Es una divagación la vuestra. Ni el río se mueve, ni el tronco. Es nuestro pensamiento el que se mueve dentro de nosotros y él es quien nos conduce a creer en el movimiento de los cuerpos inmóviles.

Discutieron largamente las tres ranas sobre qué era lo que se movía en realidad, llenando la quietud del río con sus gritos y su perturbador croar.

Como no llegaron a ningún acuerdo, pidieron la opinión de la cuarta rana. Esta, que hasta entonces no había dicho esta boca -es mía, sino que las escuchaba con atención, habló de la siguiente manera:

-Todas vosotras habéis tenido razón, compañeras, y ninguna se ha equivocado en sus razones. El movimiento está en el río tanto como en el tronco, como en nuestro pensamiento al mismo tiempo.

Este fallo conformó a las tres ranas en disputa, porque cada una quería tener la razón.

Cuéntase que lo que sucedió después del fallo de la cuarta rana fue cosa curiosa en el reino. Las tres ranas hicieron la paz entre ellas y en un conciliábulo ejecutivo resolvieron echar a la cuarta rana al río.

Y la arrojaron al agua.

LOS OTROS MARES

Cierto día dijo un pez a otro:

-Por encima de nuestro mar existe otro. En ese mar hay diversos seres vivientes que viven como nadamos y vivimos nosotros aquí.

-Son fantasías tuyas -le contestó el otro pez-. ¿No sabes, hermano mío, que cada ser viviente que deja nuestro mar un momento moriría? ¿Cuál es entonces la prueba de la existencia de otros seres vivientes en otros mares?

EL ARREPENTIMIENTO

En una noche oscura entró un hombre a la quinta de un vecino, robó el melón más grande que encontró a mano y se lo llevó a su casa. Después de partirlo, lo halló verde. Entonces la conciencia le aguijoneó y llenó de reproches.

Y el ladrón se arrepintió de haber robado el melón a su vecino.

LA ESENCIA SUPREMA

Y sucedió que después de la ceremonia de la coronación de Nufsibaal, el rey de Yubail, éste se dirigió a su gabinete. Era una alcoba privada que los adivinos del Líbano construyeron para él. Hallándose solo, se detuvo en medio de su gabinete pensando en el poder ilimitado que poseía como rey de una comarca que otrora era un vasto imperio.

Había allí un espejo que ostentaba un artístico marco de plata, regalo de su madre. Y mientras se quitaba la corona y la púrpura vio con gran, asombro que del espejo salía un hombre desnudo y se adelantaba hacia él. Aterrorizado, el rey gritó:

-Hombre, ¿qué quieres de mí?

-Una sola cosa quiero de tí. Dime, ¿por qué te han coronado rey de Yubail?

-Me coronaron porque soy el hombre más noble de entre ellos.

- ¡Por Dios! Si fueras más noble de lo que eres, no hubieras aceptado el reino.

-Me coronaron porque soy el más caballero y más fuerte de entre ellos.

-Si es cierto que eres el más caballero y más fuerte de todos ellos no deberías haber aceptado el ser su rey.

-Mi pueblo me coronó porque soy el más sabio que hay entre él.

-No, por Dios; si hubieras sido más sabio de lo que eres ahora, no habrías admitido que te eligieran rey de Yubail. Cuenta la leyenda que ante las palabras del hombre desnudo que salió del espejo cayó el rey de bruces y luego prorrumpió en llanto.

El hombre desnudo lo miraba con compasión y ternura; se sentía triste ante la estupidez e idiotez del rey. Tomó luego la corona que había rodado por el suelo y la colocó nuevamente sobre la humillada cabeza del Rey y volvió a entrar en el espejo, tal como había salido, mirando a Nufsibaal dulce y cariñosamente.

Al despertarse, el rey miró al espejo y no vio allí más que a su propia persona con la corona puesta en la cabeza.

LOS CRITICOS

Viajaba, cierta noche, un caballero montañés hacia la costa del mar. Llegaba a un lugar cercano de la costa, donde se levantaba una posada. Se apeó y ató el caballo a un árbol, frente a la puerta, porque tal como todos los montañeses, tenía confianza en la noche y en los hombres, y luego entró con los demás.

Cuándo se hubieron dormido todos los habitantes de la venta, y mientras se hallaban entregados al sueño, llegó un ladrón y robó el caballo de nuestro viajero. Al día siguiente al despertar, el caballero montañés se dirigió al lugar donde había dejado el caballo. El animal no estaba y en vano lo buscó en todos aquellos lugares. Se afligió el viajero tanto por la pérdida, como por la amarga realidad de haber entre los hombres alguno que le probara a su conciencia robando. Cuando los demás compañeros del viajero supieron la nueva, le rodearon y comenzaron a cubrirlo de reproches:

- ¡Qué necio eres! ¿Por qué has atado tu caballo fuera del establo?

-Mucho me extraña que no haya puesto las argollas de hierro en las patas de tu bruto. ¡Qué ignorante eres!

-Viajar a caballo hacia las costas es una estupidez, amigo mío.

-Yo creo que nadie viaja en nuestra época a caballo, más que los lerdos y los pesados.

Esas razones elocuentes y la prédica de los viajeros asombraron al montañés, que encolerizado, les replicó:

-Amigos míos: os surgió la elocuencia espontáneamente al enteraros del robo de mi caballo. Según vosotros, soy un necio porque confié en los hombres y en la noche. Me habéis enumerado mis errores, pero lo que más me asombra de tanta elocuencia vuestra es que ninguno de vosotros dijo una sola palabra del ladrón que robó mi caballo.

EL MORIBUNDO Y EL MILANO

¡Detente, príncipe del aire!, detente un momento más y habré dejado todo este resto consumido. ¡Ah, cómo te impacienta mi agonía! Yo no quisiera hacerte sufrir de hambre al hacerte esperar unos minutos más; pero esas cadenas, aunque fueron de hálitos débiles, son difíciles de romper. Mi amor a la muerte, el más lejano de mis deseos, está atado con las cadenas de mis deseos por la vida, que es lo que más amo.

Perdón, hijo del firmamento, me voy de este mundo, pero lentamente. Es el recuerdo que se apodera de mi alma para devolverle las reminiscencias pasadas y colocar frente a ella la comitiva de los días consumados de mi vida en la agonía, y dejarla contemplar la juventud que pasó en un sueño; el recuerdo que presenta ante mí un rostro que suplica no cerrar los párpados y devolver a mis oídos una voz amada cuyo eco aún suena en mi alma; es el recuerdo que deja tocar mi frente una mano de rosas y que yo no veo.

Perdón, compañero. Mucho has esperado; ya se acercó la hora tocando a su fin. Todo es vano en esta vida, todo es pasajero: el rostro, los ojos, la mano y la neblina que los envolvía. Ya se ha desatado el nudo; ya se ha roto la soga y aquello que no 'es para comerse ni beberse ya me abandona y se va.

Adelante compañero; acércate, ave hambrienta. Ya se ha alistado el banquete; pero el manjar es frugal, es humilde. Te lo presento voluntariamente. Ven y hunde tu pico en mi costado izquierdo. Desgárralo y arranca de los barrotes de su jaula este pequeño pájaro que dejó de aletear.

Tómalo y llévalo al infinito. Es el mejor tesoro que

tuve sobre la tierra.

Ven, Príncipe del Aire; ven, amigo mío, eres ahora mi huésped. Yo te doy la bienvenida. Bienvenido seas.

LA LEONA

Dormía sobre su trono la reina de la selva, y en su regazo acurrucábase una gata que maullaba en tanto que miraba con asco y desprecio a cuatro esclavos que abanicaban a la reina. Y en el silencio de aquel recinto se oyó este diálogo:

Esclavo primero (A sus compañeros):

- ¡Qué horrible está la hija del león en su sueño! Mirad como se han aflojado sus labios; oíd sus ronquidos, como si el diablo le apretara la garganta.

La gata: -Su horrible aspecto en sueños no se compara ni con una parte de la brutalidad de vuestra esclavitud.

Esclavo segundo: -Lo más raro es que el sueño no ha dulcificado los rasgos de su rostro. Al contrario, lo ha surcado de arrugas. Sin duda alguna está soñando algo terrible y satánico.

La gata: - ¡Ojalá durmierais vosotros para soñar en vuestra libertad!

Esclavo tercero: -Me parece ver que desfila en su sueño la comitiva de sus víctimas que tan despóticamente sacrificó.

La gata: -Sí, señores, ella ve, ve en su sueño, la comitiva de vuestros abuelos y de vuestros nietos.

Esclavo cuarto: - ¡Imbéciles! Habláis de la reina

mientras ella duerme. Decidme: ¿qué ganáis con este diálogo? ¿Atenuaría, acaso, la tribulación de mi consigna o la fatiga que me produce abanicar?

La gata: -No, por cierto. Seguid abanicando hasta la eternidad, porque está escrito: "Tanto como en el cielo, así es en la tierra."

En aquel instante sé movió la reina en su sueño y cayó la corona de su cabeza, yendo a rodar por el suelo.

-Un mal augurio -dijo uno de los esclavos.

Entonces la gata contestó maullando: -Las desgracias de unos benefician a otros.

Esclavo segundo: -¿Qué sería de nosotros si se despertara de su sueño y hallara la corona tirada en el suelo? ¡Por Dios!, nos degollaría a todos.

La gata (maullando):-Os degollaba, necios, desde vuestro nacimiento, y vosotros ignorabais esto...

Esclavo tercero:-Sin duda nos degollaría a todos, segura de que con sus actos adoraba a sus dioses.

En aquel momento el cuarto esclavo hizo callar a sus compañeros y, recogiendo sigilosamente la corona de la reina, la colocó nuevamente sobre su cabeza, sin despertarla. Ante la actitud del cuarto esclavo la gata maulló fuertemente:

-En verdad os digo que no recogen las coronas rodadas por el suelo más que los mismos esclavos.

A los pocos minutos de acabar el diálogo se despertó la reina y, mirando en derredor de sí, dijo, bostezando, a los esclavos:

-Creo haber visto en mis sueños cuatro reptiles perseguidos por un escorpión, alrededor del tronco de una gigantesca encina. ¡Qué sueno más horrible! ¡Maldito sea!

Y cerrando sus ojos volvió a dormir por segunda vez, después de haber llenado la alcoba con sus ronquidos. Prosiguieron los esclavos con los abanicos y la gata epilogó aquel acto con el siguiente maullido:

-Seguid, seguid, ciegos esclavos; seguid abanicando a vuestra ama. Vosotros no abanicáis más que un fuego voraz que devorará vuestra vida.

EL SANTO

En la mocedad visité un santo anacoreta en su retiro de penitencia. Habitaba una celda levantada sobre una cumbre envuelta en silencio y bruma. En tanto que conversaba con él sobre temas de moral y virtud, apareció un ladrón que caminaba fatigosamente sobre las colinas cercanas. Venía dominado por la fatiga. Cuando llegó a la celda, entró y se arrojó a los pies del santo y dijo:

-Santo Varón, he venido a pedirte un consuelo, pues mis pecados se han elevado sobre mi cabeza.

-Hijo mío -replicó el santo-, mis pecados también se alzan sobre mi cabeza.

-Soy ladrón y salteador. Es imposible que tú seas como yo.

-Te equivocas, hijo mío; la verdad te digo que soy, como tú, ladrón y salteador.

- ¡Por Dios, señor mío!, que no comprendo lo que me dices. ¡Soy un asesino, un criminal, y el grito de mis víctimas resuena en mis oídos!

-Soy también asesino y criminal, hijo mío, y en mis oídos aún suenan los gritos de muchas de mis víctimas. -Señor, he cometido muchos crímenes e innumerables delitos. ¿Cómo te igualas a mí, tú que eres un Santo Varón de Dios?

- ¡Si supieras de mis maldades y de mis pecados! Sí, hijo mío, si supieras, no me habrías mencionado los tuyos. Entonces se puso el ladrón de pie y mirando al Santo, larga y extrañadamente, se retiró de la celda sin proferir palabra.

Yo guardé silenció hasta tanto se retiró aquel personaje extraño, y en aquella circunstancia hablé así al Santo, preguntándole:

-¿Qué motivos te movieron, señor mío, para atribuirte maldades y pecados que no has cometido nunca? ¿No ves, Santo Varón, que ese hombre ha dejado de creer en tu santa misión y en tus prédicas?

-Sí, hijo mío -me contestó el Santo-; es verdad lo que dices. Este hombre dejó de creer en mi santa misión; pero la verdad te d~"go que se retiró con el corazón lleno de consuelo. En aquel momento oímos al ladrón cantar, desde lejos, mientras resonaba en las montañas su voz alegre y sonora.

EL REY ANACORETA

En una selva que se pierde en las montañas vivía un joven que en el pasado fue monarca, dueño de un vasto reino extendido en Libro Al Bahrain. Dijéronme que este joven había abdicado voluntariamente a su corona para sustituirla por el desierto y la soledad.

Dije entre mí: "Iré hasta aquel hombre e intentaré saber los secretos de su corazón, porque aquel que abdica su corona por su propia voluntad es más grande que el mismo trono."

Aquel día emprendí camino hacia la selva, donde vivía el rey anacoreta.

Lo encontré sentado a la sombra de un álamo blanco, sosteniendo en su mano una caña, igual que aquel cetro suyo de antaño. Lo saludé como si saludara en él al mismo rey, y él me contestó el salam dulcemente, como un pastor. Y después de mirarme fijamente me interrogó con suavidad:

—¿Qué buscas en esta selva solitaria, amigo mío? ¿Habrás venido a buscar, a esta hora, una esencia extraviada entre el ramaje frondoso, o regresas a tu hogar al haber terminado tu labor?

—No vine a buscar —respondí— sino a ti; y sólo incitado por el deseo de saber cuál era el motivo por el cual has cambiado tu reino por este retiro miserable.

—Breve es mi historia —replicó—; reventaron súbitamente las burbujas de mi vanidad, y he aquí mi historia: Hallábame un día sentado frente a mi ventana, y vi que el visir se paseaba con un embajador extranjero en el jardín. Cuando hubieron llegado hasta cerca de mi ventana, oí al visir hablar así de sí mismo:

—Yo soy como el rey: escancio el vino añejo hasta la embriaguez; amo toda clase de juego y me encolerizo como mi rey.

"Se perdieron visir y embajador entre la arboleda, no tardando en volver a pasar por cerca de mi ventana. Y he aquí lo que hablaba de mí el visir:

"-El rey es como yo. Tira bien al blanco, gusta de la música y como yo se baña tres veces al día.

El rey anacoreta calló y luego prosiguió:

-Aquella noche abandoné mi palacio y salí sin más bagajes que mi manto, porque no quise continuar siendo el rey de unos que se atribuyen mis vicios y me confieren sus virtudes.

- ¡Qué curiosa es tu historia y qué extraño es tu caso, señor! -le dije.

-No, amigo mío -me replicó-; no es tal. Yo llamé a la puerta de mi soledad pretendiendo de ella muy mucho y tan sólo muy poco he, obtenido de ella. Dime, por Dios, ¿quién no cambiaría su reino por una selva en la cual quepan todas las estaciones alegre y eternamente inquietas? Muchos son los que abandonaron sus tronos para sustituirlos por una vida sosegada y quieta; por una vida solitaria y feliz. ¡Cuántas águilas hay allí que han bajado de su cielo para vivir con los topos en sus cuevas silentes y, así, conocer mejor los secretos de la tierra! ¡Y cuán numerosos son los que renuncian al reino de sus sueños para no aparentar ante los demás que viven ellos distantes de aquellos cuyas almas están vacías de sueños! ¡Cuán numerosos son aquellos que renuncian al reino de la desnudez para cubrir la suya y para que así no se enrojezcan los libres al contemplar la desnudez de la razón, de la verdad y de la belleza!

"Pero es más digno de todos aquel que abdica el reino de la tristeza para no vanagloriarse ante el mundo de sus aflicciones.

Y se levantó, apoyándose sobre su caña, para continuar diciéndome:

-Vuelve a la ciudad opulenta y detente en sus puertas y observa a todos los que salen y entran en ella; y preocúpate de encontrar al hombre que pretendió haber nacido rey y que está sin trono; y al hombre que creyó señorear con su cuerpo y que sólo domina con su espíritu, pero que él ignora esto, igual que sus vasallos; y al hombre que se presenta públicamente como dueño y señor y que en realidad no es más que un esclavo de sus esclavos.

Al terminar su perorata me miró y sobre sus labios asomó una sonrisa; creí ver en ellas mil amaneceres. Tomó su camino y desapareció en el corazón de la selva.

Yo volví a la ciudad opulenta y me detuve en sus puertas. Observaba a los transeúntes que salían y entraban en ella. ¡Ay! ¡Cuán numerosos fueron los vasallos sobre los cuales pasó mi sombra!

LA GUERRA Y LAS NACIONES PEQUEÑAS

Una oveja con su corderito pacía en un prado. Por encima de ellos se cernía un águila. La rapaz seguía al corderito con ojos encendidos de hambre y voracidad, Mientras giraba en torno del humilde corderillo aprestándose a hundir sus garras en su tierna carne, se presentó otra águila aguijoneada por igual hambre y ferocidad. Al hallarse ambos colegas frente a frente, riñeron hasta llenar el vacío con sus gritos y graznidos. En aquella circunstancia la oveja estupefacta miró a las dos águilas y dijo a su hijo:

-Mira, hijo mío, ¡qué extraña es la riña de esas nobles aves! ¿No es vergonzoso para los reyes del espacio disputar y reñir, teniendo todo el anchuroso cielo para buscar manutención? Pero, ora, hijo mío, ora, mi niño en tu corazón a Dios implorando la paz para tus hermanos alados.

Y el corderito oró fervorosamente y de todo corazón.

EL REY DE ARDOSA

Se presentaron un día los ancianos de Ardosa ante el rey y le rogaron ordenar que prohibiera el alcoholismo en su ciudad.

No prestó el rey oído a su petición, sino que se rió de ellos y les dio las espaldas; y les dejó.

Los ancianos de Ardosa se retiraron poseídos de una verdadera desesperación. Al llegar a la puerta del palacio toparon con el visir del rey. Este ministro, que era muy diplomático, sagaz y ladino, viendo perturbados a los ancianos y jefes de la ciudad, se dio cabal idea de su asunto. Y les habló así:

-¡Oh, amigos míos! La suerte no os ha acompañado esta vez. Si vosotros hubierais venido en el momento de hallarse ebrio el rey, habríais conseguido todo lo que venís a pedirle.

EL AVE DE MI FE

De las profundidades de mi corazón voló un ave y se remontó en el espacio, y cada vez que más subía, su tamaño se aumentaba más y más. Comenzó con la forma de la mariposa, luego tomó la de una paloma; más adelante el tamaño de un águila, hasta que semejó una nube de primavera, llenando así el cielo tachonado de estrellas.

De las profundidades de mi corazón voló .un ave y se remontó en el cielo, aumentando su tamaño a medida que subía, y siempre quedaba habitando la profundidad de mi corazón.

¡Oh, mi Fe, mi Sabiduría obstinada y fuerte! ¿Cómo llegar a alcanzar tu altura para ver, juntamente contigo, la esencia sublime del hombre grabada sobre la faz del cielo? ¿Cómo convertir este mar que está en lo más hondo de mi alma, en una densa neblina y vagar, junto a ti, en el espacio infinito?

¿Podrá ver el prisionero, en la penumbra del templo, sus cúpulas doradas? ¿Tendrá la semilla la fuerza para esparcirse y envolver la fruta que antes la envolvía recíprocamente? Sí, ¡oh, mi Fe clemente! Sí; yo vivo encadenado con cadenas de hierro en los antros oscuros de esta prisión sin fin. Me separan de ti estas barricadas hechas de carne y huesos, para no poder volar contigo en el mundo infinito. Empero, tú vuelas de mi corazón para cernirte en el anchuroso espacio, tanto, que siempre te encuentro habitando la profundidad de mi corazón dolorido.

Y con todo esto estoy resignado, conforme y confiado.

LA HOJA BLANCA

Dijo así, un día, una hoja blanca de papel:
-Me he formado blanca, nítida, inmaculada y pura, y así seré hasta la eternidad. Prefiero quemarme y volverme ceniza blanca antes de permitir que me mancille la negrura y me macule la suciedad.
Oyó un tintero aquellas razones y se rió en su negro corazón, pero no se atrevió a tocar a aquella hoja blanca de papel. Oyéronla también las plumas y tampoco la tocaron. Y así permaneció la hoja de papel blanca, nítida, cual la nieve,... pero vacía.

EL SERMON DE LA AZOTEA

(El último despertar)

Era la noche profunda y lóbrega. Soplaba, en la mitad de su carrera, un aura pura y apacible impregnada por los primeros suspiros del alba. En aquella hora se levantó El Precursor, que es el eco de la voz que aún no ha tocado oído alguno, y, abandonando la alcoba, subió a la azotea de su casa. Contempló largamente la ciudad acostada en brazos de la noche y luego irguió su cabeza, y, como si se viese rodeado por los espíritus despiertos de los hombres dormidos, abrió su boca y habló así:

-Hermanos y vecinos míos: vosotros que pasáis por mi casa todos los días, quiero hablaros e invocaros en vuestros sueños; quiero caminar desnudo y libre porque estando despiertos estáis más alelados que en vuestro sueño; porque vuestro oído está cargado de baraúndas; porque es sordo y débil.

Os he amado mucho, y más que mucho.

He amado a cada uno de vosotros como si fuerais todos vosotros.

He amado a todos vosotros como si fuerais uno solo.

Mi corazón era un 'campo fértil y floreciente en vuestro

amor; en su primavera yo ⁼cantaba en vuestros jardines; en su estío cuidaba de vuestras parvas.

Sí, hermanos y vecinos míos. A todos vosotros he amado; a vuestro titán como a vuestro enano; a vuestro leproso como al más sano que hay entre vosotros.

He amado al que se deslizaba en las tinieblas buscando en la noche su camino, igual que al que trillaba sus días bailando sobre collados y montañas.

Amé al fuerte a pesar de vivir patentes en mis carnes las huellas de sus herraduras férreas.

Amé al débil no obstante haber agobiado mi fe y agotado mi paciencia.

Amé al rico, cuya miel se volvía cicuta en mi

boca.

Amé al pobre que, sabiendo mi vergüenza, y conociendo mis necesidades y mis debilidades, me ha escarnecido.

Amé al poeta plagiador que hacía vibrar la cítara de su vecino tocándola con sus dedos ciegos. Lo amé generosamente, cortésmente.

Amé al sabio que consumía su vida juntado mortajas viejas en el campo del abominable alfarero.

Amé al sacerdote acurrucado en el silencio de su pasado, preguntando por el día de su mañana.

Amé al anacoreta que hacía de los espectros de su capricho unos dioses para la adoración.

Amé al charlatán diciendo entre mí: "Le queda todavía mucho que decir a la vida."

Amé al mudo, porque pensaba: " ¡Ojalá pudiera hablar de su silencio!"

Amé al juez y al crítico, pero cuando me vieron crucificado dijeron: "Cuán suave emana la sangre de sus heridas y qué hermosas son las líneas que su sangre traza sobre su piel blanca."

Sí, hermanos y vecinos míos. Os he amado a todos vosotros; a vuestro joven como a vuestro anciano. Amé a vuestra caña débil que temblaba al soplo de las brisas, igual que a vuestras gigantescas encinas. Pero ¡ay de mí! Mi corazón, que rebosaba por vuestro amor, ha endurecido el vuestro hacia mí, porque sois capaces de escanciar el vino del amor del fondo de las copas, pero jamás de tomarlo del río caudaloso. Y cuando habéis visto que yo os he amado igual, a todos igual, os habéis mofado de mí, diciendo: "Cuán débil es su corazón y apartada de su camino la sagacidad. Su amor es el de un mendigo hambriento que acostumbra recoger las migajas, aun sentado a las mesas de los reyes. Es el amor de un villano, servil, porque el hombre fuerte tan sólo ama a sus semejantes."

Y cuando habéis sabido que yo os amaba profundamente, desinteresadamente, hablasteis así: "El amor de este ser es el de un hombre extraño, sin gusto, que bebe el vinagre como si bebiera vino; es el amor de un intruso, hipócrita, porque ¿cuál es el hombre extraño que puede amarnos como nuestros padres y hermanos?

Estas son vuestras razones y otras tantas, porque cuántas veces me habéis indicado con vuestros dedos en las calles de la ciudad, diciendo burlescamente, unos a otros: "Mirad a este pequeño gran hombre que no le preocupan las estaciones ni los abriles ni los años. En el mediodía juega con nuestros niños y a la tarde acompaña a nuestros ancianos en sus reuniones simulando sabiduría.

Entonces, dije: "No importa todo esto; yo los amaré más y más; pero esta vez cubriré mi amor con un velo de odio y mi cariño con un disfraz de hierro y no les seguiré sino aguerrido."

Y me armé con mi desdén; puse mi mano pesada sobre vuestras heridas y contusiones y, al igual que una tempestad que sopla en plena noche, así he tronado en vuestros oídos y desde la azotea de mi casa os he llamado fariseos, traidores; burbujas de un mundo falso y vacío.

He maldecido a los miopes que hay entre vosotros cual murciélagos ciegos y, al igual que los topos sin alma, así he comparado a los que viven entre vosotros pegados a la tierra y al lodo.

Califiqué a vuestros hombres elocuentes y sabios de charlatanes e hijos de Babel; al hombre callado lo llamé duro de corazón y torpe de lengua; de vuestro hombre simple dije: "Los muertos no se aburren de la muerte.

Y sentencié: "Que los que buscan en vosotros y en vuestros hijos la sabiduría humana son apóstatas, blasfemadores contra el Espíritu Santo; a los atraídos por la fuerza espiritual extasiados por las investigaciones del más allá de la naturaleza, los llamé pescadores de espectros que tiran sus redes en aguas mansas y que tan sólo pescan sus medrosas sombras."

Así he pregonado y publicado vuestras miserias en mis labios mientras mi corazón sangraba y os llamaba por los nombres más dulces.

Sí, hermanos y vecinos míos. El odio que así os ha hablado era guiado por su propio látigo; y el orgullo que ha bailado sobre vuestras miserias y cadáveres estaba lleno de polvo de la derrota y degollado por sus propios dolores.

Mi profundo dolor hacia vosotros, mi sed para amaros, se han rebelado sobre la azotea, mientras os imploraba el perdón de rodillas.

Pero he aquí el milagro, hermanos y vecinos míos; mi simulación os ha abierto los ojos .y mi odio ha despertado los corazones.

Vosotros no amáis más que las espadas que se hunden en vuestros corazones y sólo gustáis ver clavados los dardos en vuestros pechos.

Vosotros no os consoláis sino de vuestras heridas y no os embriagáis más que en vuestra sangre.

Y cual mariposas que aletean alrededor de la llama, buscando inocentemente la muerte, así os juntáis todos los días en mi jardín, y con cabezas erguidas y los ojos fijos en mí me seguís mientras yo desgarro con mis manos Tos tejidos de vuestros días, en medio de vuestro cuchicheo, diciendo entre vosotros: "El ve con la luz de Dios y habla con los profetas de aquellos tiempos. Descubre el velo de nuestras almas y destroza las cerraduras de nuestros corazones y cuál el águila que conoce los cubiles de los chacales, así El conoce nuestro camino."

Sí, por cierto, amigos míos. Yo conozco vuestro camino, pero a igual que el águila que conoce el nido de sus aguiluchos.

Con todo placer os he descubierto mis secretos, pero para acercarme a vuestros corazones, simulo desdén y acrimonia; os finjo odio y aparento que os desprecio.

Y no bien terminó El Precursor su sermón, cuando cubrió su cara con su mano y rompió en llanto. Lloró amargamente porque comprendió que el amor desnudo que se rechaza es más sublime que el que canta gloria cubierto por la simulación y el fingimiento.

Y se avergonzó de sí mismo. Alzó súbitamente la cabeza y como si despertara de un sueño letárgico extendió sus brazos y miró con éxtasis el firmamento azul y dijo:

-Ya se ha desgarrado el manto de la noche y nosotros, los hijos de la noche, debemos morir cuando llegue el día caminando, sigilosamente, sosteniéndose sobre las lejanas colinas. De nuestras cenizas surgirá un amor más profundo y fuerte que el nuestro y se reirá en la cara del sol y se llamará AMOR ETERNO.

FIN

LA PROCESIÓN DEL MUNDO ILUSORIO

El Sabio

Este mundo no es sino una taberna
y el Tiempo es su Amo y su Señor
que sólo sirve a aquellos que se abisman
en sueños sin nexo ni rima.

Los hombres beben y se desbocan
como corceles enloquecidos.
Algunos son ruidosos al orar
y otros tienen la fiebre de adquirir.

Pocos en la tierra saborean la vida
y no se marean con los dones que ella otorga,
ni desvían sus fuentes hacia copas
en que sus sueños vacilan y naufragan.

Si encontraras, por acaso, un alma sobria
en medio de esta orgía enloquecida
maravíllate: es como si la luna tomase
una nube de tormenta por dosel.

El Joven

Nada en el campo se embrutece
con vino o ilusiones;
las nubes derraman en los arroyos
el más sublime de los elixires.

Mientras tanto el hombre se embriaga
cual si estuviese siendo amamantado y
sólo alcanza la edad de la razón
cuando es muy tarde, a la hora del reposo final.

¡Dame un caramillo y canta conmigo!
pues el canto es sombra refrescante
y el murmullo del caramillo permanece
cuando las ilusiones mueren y se desvanecen.

DE LA BONDAD Y LAS CLASES SOCIALES

El Sabio

El bien debe fluir libremente en el hombre, así
como el mal continúa más allá de la tumba.
Los dedos del tiempo mueven los trebejos
por algún tiempo, y después derriban
a alfiles y peones por igual.

Nunca digas: "Allá va un gran hombre"
Ni: "Un Jefe digno de respeto".
Los mejores hombres, anónimos, están en el rebaño
y tienen por guía a su pastor.

El Joven

El campo no tiene necesidad de pastores
ni los rebaños se separan, dispersos
no rivalizan la primavera y el invierno
pues cada cual desempeña su papel.

¡Dame un caramillo y canta conmigo!

El canto apacigua el corazón
y el murmullo del caramillo es más durable
que castas y clases sociales.

DE LA VIDA Y LA TRISTEZA

El Sabio

La vida no es más que un letargo perturbado
por el sueño que sugiere la voluntad;
el alma entristecida, en la tristeza esconde
sus secretos y, conmovida, sus alegrías...

El Joven

En el campo nadie sufre
nadie se abate en sus pesares.
Apenas los céfiros secretean su compasión
cuando murmuran en la arboleda...

¡Dame un caramillo y canta conmigo!
Que el canto apague los disgustos
pues el son del caramillo repercute
cuando el pasado y el futuro se entrelazan...

LA RELIGIÓN

El Sabio

La religión es un campo bien sembrado
plantado y regado por el deseo
de aquél que ansía el Paraíso
o por aquél que teme los Fuegos del infierno.

¡Ah! Si la religión constase apenas

de las bendiciones de la Resurrección,
ellos recurrirían a Dios, y se arrepentirían
sólo para obtener un destino mejor.

Como si la religión fuese parte
de su comercio cotidiano:
si fueran negligentes, se verían perjudicados
y recompensados si fueran perseverantes.

El Joven

Los seres silvestres no creen
ni esconden incredulidad alguna.
El canto de las aves no afirma
ni a la Verdad, ni al Dolor, ni a la Felicidad.

Las creencias populares nacen y mueren
como las sombras de la noche tenebrosa.
Ninguna fe, después de Taha,
ninguna luz, después de Cristo.

DE LA JUSTICIA

El Sabio

La justicia terrenal causaría pesar a un Djim
tan desvirtuada ha sido en su sentido.
Y los muertos harían escarnio
de aquello que en el mundo llaman equidad.

Sí. Muerte y prisión es lo que distribuimos
a los pequeños transgresores de las leyes
al paso que honra, riqueza y gran respeto
a los grandes piratas tributamos.

Condenamos a quien hurta una flor,
quien se apodera de un campo es un caballero.
Debe morir quien mata un cuerpo
quien mata al espíritu, queda libre.

El Joven

En el seno de Natura no hay justicia
ni castigos;
cuando el sauce extiende su sombra
sin pedir licencia,
nadie oye decir al ciprés:
esto es contra la ley y el derecho.
La justicia humana se derrite de vergüenza
como la nieve bajo el sol.

¡Dame un caramillo y canta conmigo!
El canto es sentencia sublime para el corazón.
Y el trino del caramillo perdura
más allá del crimen, más allá del criminal.

DE LA VOLUNTAD Y EL DERECHO

El Sabio

El Derecho pertenece a los voluntariosos
pues las almas, cuando fuertes, predominan;
los débiles son llevados por el bien y el mal
como el viento que viene y va.

No niegues, entonces que la Voluntad del Alma
es más fuerte que la Fuerza física,
y que los cobardes sólo ascienden a los tronos

de los que son indiferentes al bien y al mal.

Mira: en la madriguera del león hay un olor
que ahuyenta a los hijos de las raposas,
sea que sus moradores anden por allí,
o por la floresta cazando presas.

Así es también con ciertas aves
que aunque volando en la amplitud del espacio
están siempre temerosas del halcón,
quien, aun en el morir, mantiene el orgullo de su
estirpe.

El Joven

La naturaleza no tolera a los débiles,
ni admite un dominio tibio
cuando los leones rugen su presencia,
la floresta no se asusta sólo por eso.

La voluntad del hombre es sombra fluctuante
que él concibe en su propia mente.
Y los derechos humanos también pasan,
como perecen las hojas otoñales...

¡Dame un caramillo y canta conmigo!
La música imprime una Voluntad al Alma
y el son del caramillo permanece
cuando los sonidos se apagan y se aquietan.

DE LA CIENCIA Y EL CONOCIMIENTO

El Sabio

La Ciencia sigue amplias sendas.

Conocemos su comienzo, más nos perdemos en
sus límites.
Pues el Tiempo y el Destino dirigen su curso,
y no alcanzamos a ver más allá
de las curvas del camino...

Lo que más importa en la Sabiduría
es la idea que mueve al hombre victorioso.
Firme e incólume ante el ridículo,
calmo y sereno,
Indiferente y humilde.

Así es el profeta cuando llega
Envuelto en el manto de su pensamiento
y se encuentra en medio de su pueblo
Que no percibe los tesoros que él viene cargando.

Él es un extranjero en esta vida.
Extraño a los que lo alaban y a los que lo insultan.
Pues alza la antorcha de la Verdad
aunque su llama lo devore.

Él es valiente, aunque
parezca apenas gentil y cordial.
Está tan distante de los que están cerca,
como de los que están lejos.

El Joven

La cultura que ostenta el pueblo hoy
es como la niebla sobre el campo.
El despuntar, no obstante, de los rayos
del Sol, disipará sus brumas...

DE LA LIBERTAD

El Sabio

El hombre libre construye en su lucha
la cárcel en que será cautivo.
Y cuando se aparta del clan familiar,
cae esclavo de una idea,
o de las caricias de un amor...

El Joven

La floresta no puede acoger al
hombre libre
ni tampoco a un pobre esclavo.
Las honras son ilusiones falsas
igual a la espuma impulsada por las olas.

Cuando siembra sus flores
sobre la grama a sus pies,
el almendro no reclama derechos de propiedad
ni deja de inclinarse hacia la hierba.

DE LA FELICIDAD Y LA ESPERANZA

El Sabio

La felicidad es un mito que perseguimos;
del que nos cansamos cuando se materializa,
tal como el río que desciende veloz hacia los campos
y que al llegar se arrastra enturbiado.

Pues un hombre sólo es feliz

en la aspiración por ser feliz.
Siempre que alcanza su meta pierde interés
y se lanza a otros vuelos por las alturas.

Si encontraras por acaso un hombre
que se contente con su Hado,
al contrario de los demás hombres,
ora para que su Nirvana no sea perturbado.

El Joven

La esperanza no se encuentra en el campo
ni cuadro de atroz desesperanza.
¿Por qué el campo desearía migajas
si en él TODO se concentra?

¿Debiera alguien buscar sus esperanzas en el
campo
cuando la naturaleza entera es su objetivo?
La esperanza no es más que un bálsamo
como el tiempo, la riqueza y la fama.

¡Dame un caramillo y canta conmigo!
Pues el canto es luz y llama
y el son del caramillo es un deleite
intangible al espíritu ocioso.

DE LA BENEVOLENCIA

El Sabio

La benevolencia de algunos es como una
concha pulida y lustrosa,
mas vacía, pues no contiene aquella perla preciosa

que es el bien hecho al hermano.

Si encontraras a alguien, al mismo tiempo
fuerte y gentil ¡dichosos tus ojos!
Pues es una visión gloriosa
y hasta un ciego podría contemplar sus virtudes.

El Joven

Nadie en el campo es benevolente,
ni de rodillas se hinca acobardado.
Allí el esbelto junco y el roble, lado a lado,
crecen disputándose altura.

Y si el plumaje del pavo real es púrpura
no toma conocimiento de su belleza
ni se vanagloria de su encanto.

¡Dame un caramillo y canta conmigo!
Que la música consuela a los débiles
y el trino del caramillo sobrevive
más allá del débil y del fuerte.

DEL AMOR

El Sabio

Se olvidan las glorias
de los intrépidos conquistadores
mas nunca hasta el fin de los tiempos
olvidaremos a los grandes amores.

En el corazón del guerrero macedonio
vislumbramos un campo de muerte y dolor;
Mas en el de Qais entrevemos

un templo al amor.

En el triunfo del primero
se descubre la derrota innoble;
Mientras que en la frustración de Qais
la victoria fue completa.

Pues el amor anida apenas en el alma,
-no en el cuerpo- y, como el vino
estimula nuestra espiritualidad
para acoger las bendiciones del Amor Divino

El Joven

En el campo sólo hay recuerdo
de los que se amaron ardorosamente.
De los reyes que gobernaron,
desde tronos opresores, queda
apenas la historia de sus crímenes.
Mas el recuerdo de los apasionados
está fijado, sublime
en las campiñas en flor...

El Sabio

Si encontraras un amante en su amor perdido,
tropezando a ciegas, más despreciando a quien
guía;
sediento, mas sin calmar su sed;
hambriento, más satisfecho con su hambre,
oirás decir de él: "Este joven engalanado, ¿qué pro-
cura?
¿Qué esperanza, paciente, pone en su destino?
¿Por qué llora lágrimas de sangre

por aquella a quien le falta honra y belleza?"

Decid que los que así hablan
han nacido muertos:
nada saben de la vida
ni consiguen entenderla.

El Joven

En el campo nadie persigue
o espía el encuentro de los que se aman.
Cuando la gacela, avista a lo lejos al macho,
corresponde ligera a su llamado.

Allá en la cima, las águilas no se admiran,
ni hablan sobre los "excesos de lo extraño".
Pues nosotros, hijos de la naturaleza,
sólo juzgamos extraño lo normal.

DEL ALMA Y LA FERTILIDAD

El Sabio

La razón por la cual se dice que el alma existe
se esconde en su propia esencia,
nadie puede pintarla
o retratar la substancia que la forma.

Habrá quien diga que las almas cuando alcanzan
la perfección
desaparecen en el mar azul de la NADA:
como si fuesen frutos maduros
cayendo de los árboles, al menor soplo de los vientos.

Otros afirman que el cuerpo
resume todo, y que, en el desenlace,
no existiendo ni alma ni espíritu,
no hay sueño ni despertar.

O que el alma es una frágil sombra
reflejada borrosamente en límpido arroyuelo
y que se esfuma de repente
cuando el torrente se diluye.

Todos se engañan. Pues la chispa
no desaparece ni con el cuerpo ni con el alma.
Pues lo que el Viento Norte dobla,
el Viento Este, al pasar, enderezará.

El Joven

En el campo no se hace distinción
entre el cuerpo y el alma;
la nube es agua etérea
y el rocío agua perlada.

Por la fragancia se prolongan las flores;
la tierra es florescencia materializada;
y las sombras de los álamos son huríes
que pensaron que era noche y se durmieron.

El Sabio

El cuerpo es para el alma
como un útero materno. Ella vive en él,
hasta que al fin, asciende
una vez más al espacio; y él retorna

como simiente para germinar de nuevo.

El alma del niño tiene su día festivo:
el de nacer feliz;
más algunos seres son estériles,
como arcos contraídos
que no disparan flechas.

Tales seres nada generan
pues las almas no nacen de troncos
hace tiempo fenecidos,
ni de arcilla cocida y rígida.

El Joven

La naturaleza no telera al inútil
ni al intruso, sin repelerlos.

El panal de miel es el símbolo
de la colmena y la labranza.
La esterilidad es una expresión heredada
de la incapacidad de producir.

¡Dame un caramillo y canta conmigo!
Pues el canto es una forma leve
y el son del caramillo continúa,
cuando se encuentran iguales y opuestos.

DE LA MUERTE Y LA INMORTALIDAD

El Sabio

En la tierra la muerte es el fin para el hijo
de la tierra, el final de toda gloria,
más para aquel que tiene sus raíces en lo etéreo,

es apenas el principio
del comienzo de la victoria.

Quien abraza el alba en sueños
ciertamente es inmortal.
Si él durmiera en su larga noche,
dormitará en un profundo mar.

Mas quien al suelo con apego se aferre
por el suelo se arrastrará hasta el final.
La muerte, como el mar, será vencida por quien la
enfrenta con bravura,
los de alma pesada se hundirán.

El Joven

En la naturaleza no existe la Muerte,
ni tampoco se construyen tumbas.
Concluye la primavera,
mas sus encantos quedan en los campos.

El miedo a la muerte es la desilusión
anidada en el corazón de los sabios.
Quien viviera una sola Primavera
es como si hubiera vivido siglos ilimitados.

¡Dame un caramillo y canta conmigo!
El canto es inmortalidad,
y el son del caramillo permanece
sobre las miserias y alegrías.

CONCLUSION DEL JOVEN

¡Dame un caramillo y canta conmigo!

Ya olvidé lo que nos hemos dicho
pues las palabras no son más que notas del arco iris
háblame, sí, de las reales alegrías que ya has sabo-
reado.

¿Te has internado alguna vez en la floresta
huyendo de la suntuosidad de los palacios?
¿Has acompañado el curso del arroyo
o trepado a los barrancos a la vera del camino?

¿Te has bañado en auras perfumadas
y secado en lienzos de luz?
¿Has bebido el vino de la aurora
paladeándolo en relucientes cálices?

¿Has descansado alguna vez, cuando el sol se pone,
a la sombra de las viñas
cargadas de racimos
como gemas maduras y doradas?

¿Te has deleitado en la suave hierba,
teniendo por manto la bóveda del cielo,
despreocupado del futuro,
y olvidado por entero tu pasado?

¿Has sentido alguna vez que el silencio nocturno
circunda como un mar tu cabeza,
mientras el seno de la noche parecía
anclar un corazón palpitante junto a tu lecho?

¡Dame un caramillo y canta conmigo!
Olvida ofensas, olvida consuelos.
La vida es como un verso escrito
sobre la superficie de un arroyuelo.

¿Qué placer, dime, puedes sentir
en esa lucha loca, luchando en la multitud,
en discutir, protestar, en porfías,
indefinidamente;

¿Cavando en la oscuridad como los topos
o queriendo trepar por telas de araña
-siempre frustrada la ambición
hasta que los vivos yazcan junto a los muertos?

RECAPITULACION DEL SABIO

Si pudiese pulsar con mis dedos, los hilos de mi
suerte,
los tejería en el campo.
Mas las circunstancias nos fuerzan a recorrer a
tientas
los estrechos senderos marcados por Kismet.
El Destino tiene caminos que no podemos alterar,
cuando nuestra voluntad comienza a flaquear
si vivimos disculpando nuestros errores
ayudamos a los Hados a matarnos...

FIN

LOS SECRETOS DEL CORAZÓN

La majestuosa mansión se encontraba bajo las alas de la noche silente, como la Vida bajo la envoltura de la Muerte. En su interior, una doncella sentada ante un escritorio de marfil, reclinada su bella cabeza sobre suave mano, como una lila marchita sobre sus pétalos. Miraba, alrededor de sí y se sentía una miserable prisionera que lucha por atravesar los muros del calabozo para contemplar a la Vida, marchando en el cortejo de la Libertad.

Las horas pasaban como los espectros de la noche, como una procesión entonando el fúnebre canto de su pena, y la doncella se sentía segura derramando sus lágrimas en angustiosa soledad. Cuando no pudo resistir más su sufrimiento y se sintió en plena posesión de los secretos de su corazón, tomó la pluma y, mezclando lágrimas y tinta sobre el pergamino, escribió:

Amada hermana:

Cuando en el corazón se apiñan los secretos, y arden los ojos por las quemantes lágrimas, y las costillas parecen estallar con el creciente confinamiento del corazón, no se puede hallar otra expresión de ese laberinto salvo una oleada de liberación como ésta.

Las personas melancólicas gozan lamentándose, y los amantes hallan alivio y condolencia en sus sueños, y los oprimidos se deleitan cuando causan conmiseración. Te escribo porque me siento como un poeta que imagina la belleza de las cosas y compone en versos sus impresiones, presa de un poder divino... Soy como el niño del hambriento que llora por su alimento, haciendo caso omiso de la condición de su pobre y piadosa madre y de su fracaso en la vida.

Escucha mi dolorosa historia, querida hermana, y llora conmigo, pues sollozar es como una plegaria y las lágrimas de piedad son caridad porque surgen de un alma buena y sensible y no se derraman en vano. Fue la voluntad de mi padre que me casara con un hombre noble y rico. Mi padre era como la mayoría de los hombres ricos que, por temor a la pobreza, sólo gozan de la vida cuando pueden acrecentar su riqueza y agregar más oro a sus cofres, para ganar con su esplendor el favor de la nobleza, anticipándose así a los ataques de los días aciagos... Y ahora descubro que soy, con todo mi amor y mis sueños, una víctima sobre un altar de oro que odio, y dueña de un honor heredado que desprecio.

Respeto a mi esposo porque es amable y generoso con todos; trata de hacerme feliz y gasta su oro para complacer mi corazón, pero he descubierto que todas estas cosas no valen lo que un momento de verdadero y divino amor. No te burles de mí, hermana, pues ahora soy una persona muy instruida acerca de los anhelos del corazón de una mujer -ese palpitante corazón como un pájaro en el vasto cielo del amor-, como una copa vuelta a colmar con el vino de los tiempos, añejado para las almas sedientas... como un libro en cuyas páginas se leen capítulos de felicidad y desventura, regocijo y dolor, alegría y pesar. Nadie puede leer este libro, excepto el verdadero compañero que es la otra mitad de la mujer, y que ha sido creado para ella desde el principio del mundo.

Sí, me he convertido en la más sabia de las mujeres en lo que atañe al objeto del alma y el sentido del corazón, porque he descubierto que mis magníficos corceles y carruajes y relucientes cofres de oro y sublime nobleza no valen lo que una mirada de ese pobre joven que espera pacientemente, sufriendo los tormentos de la aflicción y la desventura... Ese joven oprimido por la cruel voluntad de mi padre, prisionero en la estrecha y melancólica celda de la Vida...

Por favor, querida mía, no urdas nada para consolarme, pues la calamidad por medio de la cual he descubierto el poder de mi amor es mi gran consuelo. Ahora miro hacia adelante a través de mis lágrimas, y espero la llegada de la Muerte, que me llevará donde pueda encontrarme con la otra mitad de mi alma, para abrazarlo como lo hacía antes de llegar a este extraño mundo.

No pienses mal de mí, porque cumplo con mi deber de esposa fiel y acato con paciencia y tranquilidad las leyes y reglas del hombre. Lo honro con mi mente, lo respeto con mi corazón y lo venero con mi alma. Pero Dios hizo que diera parte de mí a mi amado antes de conocer a mi esposo.

El cielo ha querido que pasara mi vida junto a un hombre que no me estaba destinado, y mis días se consumen en silencio de acuerdo con la voluntad divina, pero si no se abren las puertas de la Eternidad, continuaré con la bella mitad de mi alma y volveré la vista hacia el Pasado, y ese Pasado es este Presente... Miraré a la vida como la Primavera mira al Invierno, contemplaré a los obstáculos de la Vida como aquél que ha llegado a la cima de la montaña después de trepar por la senda más escarpada.

En ese momento, la doncella dejó de escribir y, ocultando el rostro en el hueco de sus manos, sollozó amargamente. Su corazón se negaba a confiar a la pluma sus más sagrados secretos, pero aceptaba derramar estériles lágrimas que se dispersaban rápidamente, confundiéndose con el éter, refugio de las almas de los amantes y del espíritu de las flores. Después de un momento retomó la pluma y añadió:

¿Recuerdas a ese joven? ¿Recuerdas los destellos que emanaban de sus ojos, y los signos de pesar en su rostro? ¿Recuerdas su risa, que hablaba de las lágrimas de una madre separada de su único hijo? ¿Puedes reconstruir su voz serena, como el eco de un distante valle? ¿Lo recuerdas cuando meditaba, escrutando nostálgica y plácidamente los objetos y hablando de ellos con extrañas palabras, para luego agachar la cabeza suspirando como si temiera revelar los grandiosos secretos de su corazón? ¿Recuerdas sus sueños y creencias? ¿Recuerdas todo esto de un joven a quien la humanidad contaba entre sus hijos, y a quien mi padre miraba con ojos de superioridad porque estaba por encima de la voracidad terrenal y era más noble que la grandeza heredada?

Debes saber, querida hermana, que soy una mártir de este mundo insignificante, y una víctima de la ignorancia. ¿Te condolerás de una hermana que se sienta en el silencio de la horrible noche para verter todo lo que su yo interior encierra, y revelarte los secretos de su corazón? Estoy segura que te condolerás de mí, porque sé que el Amor ha visitado tu corazón.

Llegó el alba, y la doncella se rindió al Sueño, esperando hallar sueños más dulces y placenteros que los que había hallado en la vigilia...

COMPATRIOTAS

¿Qué buscáis, Compatriotas?
¿Deseáis acaso que construya para
vuestros gloriosos palacios, decorados
con palabras vacías de sentido, o
para vuestros templos techados con sueños?
¿O me ordenáis que destruya aquello
que los mentirosos y tiranos han construido?
¿Debo desarraigar con mis manos
aquello que los hipócritas y los malvados
han implantado?
¡Decid cuál es vuestro insensato deseo!

¿Qué querríais que hiciera, compatriotas?
Debo ronronear como un gatito para satisfaceros,
o debo rugir como un león para complacerme?
He cantado para vosotros, pero vosotros no habéis
danzado; ante vosotros he llorado, pero
no habéis sollozado. ¿Debo acaso cantar
y llorar al mismo tiempo?

Vuestras almas sufren los tormentos
del hambre, y sin embargo el fruto del
conocimiento es más feraz que
las piedras de los valles.
Vuestros corazones se marchitan de
Sed, y sin embargo las fuentes de la
vida manan junto a vuestros

hogares. ¿Por qué no bebéis?

Tiene el mar sus flujos y reflujos,
la Luna, crecientes y menguantes
fases, y las Épocas sus
inviernos y veranos, y todas las
cosas varían como la sombra
de un Dios futuro oscilando entre
la tierra y el sol, pero la Verdad no
puede cambiarse, ni tampoco disiparse;
¿por qué, entonces, intentáis
desfigurar su semblante?

Os he llamado en el silencio
de la noche para mostraros la
gloria de la luna y la dignidad
de las estrellas, pero habéis salido,
sobresaltados, de vuestro letargo y cogiendo
con temor vuestras espadas, habéis gritado:
"¿dónde está el enemigo? ¡A él debemos matar
primero!" Al alba, cuando
el enemigo llegó, os volví a llamar,
pero no salisteis esta vez
de vuestro letargo, porque estabais
encerrados en el miedo, luchando contra
las procesiones de espectros de
vuestros sueños.

Y os dije: "Trepemos a
la cima de la montaña y veamos la
belleza del mundo." Y me
respondisteis diciendo: "En las profundidades

de ese valle vivieron nuestros padres,
y a su sombra vivieron, y en
sus grutas fueron sepultados. ¿Cómo podríamos
abandonar este lugar por otro
que ellos no honraron?

Y os dije: "Vayamos a la
llanura cuya magnificencia llega hasta
el mar." Y tímidamente me hablasteis,
diciendo: "El rugido del abismo
atemorizaría nuestros espíritus, y el
terror a las profundidades consumiría
nuestros cuerpos."

Os he amado, Compatriotas, pero
mi amor por vosotros es doloroso para mí
e inútil para vosotros; y hoy os
odio, y el odio es un diluvio
que arrasa con las hojas secas
y las temblequeantes casas.

He tenido lástima de vuestra debilidad,
Compatriotas, pero mi lástima sólo ha servido
para aumentar vuestras flaquezas, exaltando
y nutriendo la pereza, que
es inútil a la Vida. Y veo hoy
vuestra enfermedad, a la que mi alma aborrece
y teme.

He llorado por vuestra humillación
y sumisión; y aunque manaron mis lágrimas
cristalinas, no pudieron encrespar
las turbias aguas de vuestra debilidad;

quitaron, sin embargo, el velo de mis ojos.
mis lágrimas nunca han llegado a
vuestros petrificados corazones, pero
han disipado la oscuridad dentro de mí.
Me burlo hoy de vuestro sufrimiento
pues la risa es como el airado trueno que
precede a la tempestad, y que nunca ruge
cuando la tempestad ha pasado.

¿Qué deseáis, Compatriotas?
¿Queréis que os muestre
el espectro de vuestro semblante sobre
el rostro de las quietas aguas? ¡Venid,
ahora y ved cuán horrible sois!
¡Mirad y meditad! El miedo
ha tornado vuestros cabellos grises como las
cenizas, y la disipación ha marcado
vuestros ojos convirtiéndolos en
negros agujeros, y la cobardía
ha tocado vuestras mejillas que parecen
ahora tenebrosos despeñaderos del
valle, y la Muerte ha besado
vuestros labios, dejándolos amarillos
¿Qué buscáis, Compatriotas?
¿Qué pedís de la Vida a quien ya no os
cuenta más entre sus hijos?

Vuestras almas se hielan en las
garras de los sacerdotes y
hechiceros, y tiemblan vuestros
cuerpos ante las zarpas de los
déspotas y los derramadores de

sangre, y vuestro país se estremece
bajo las botas en marcha del
enemigo conquistador; ¿qué podéis, entonces,
esperar, aunque estéis orgullosamente erguidos
ante el rostro del sol? Vuestras espadas se
herrumbran en sus vainas, y están rotas
vuestras lanzas, y resquebrajados
vuestros escudos; ¿por qué, entonces,
permanecéis en el campo de batalla?

La hipocresía es vuestra religión, y la
falsedad vuestra vida, y la
nada vuestro fin; ¿por qué vivís,
entonces? ¿No es acaso la
muerte el único solaz
para los miserables?

La vida es la determinación que
acompaña a la juventud, y la diligencia
que sucede a la madurez, y la
sabiduría que persigue a la senilidad; pero
vosotros, Compatriotas, habéis nacido viejos
y débiles. Y se marchitó vuestra piel
y se consumió vuestro cráneo, y luego os
convertisteis en niños, que juegan
en el fango y se arrojan piedras
unos a otros.

El conocimiento es una luz que enriquece
el calor de la vida, y todos los que la buscan
pueden ser parte de ella; pero vosotros,
Compatriotas, perseguís la oscuridad

y evitáis la luz, esperando que el agua
mane de las rocas, y la
miseria de vuestra nación es
vuestro crimen... No perdono
vuestros pecados, porque vosotros sabéis
lo que hacéis.

La humanidad es un río brillante
que canta en su cauce, llevando
los secretos de la montaña hasta
el corazón del mar; pero vosotros,
Compatriotas, sois turbios
pantanos infectados de insectos
y serpientes.

El Espíritu es una sagrada antorcha
azul, que quema y devora las
plantas mustias, que crece en
la tormenta e ilumina
los rostros de las diosa'!; pero
vosotros, Compatriotas... vuestras almas
son como cenizas que el viento
dispersa en la nieve, y que
las tempestades esparcen para siempre
sobre los valles.

No temáis al fantasma de la Muerte,
Compatriotas, pues su grandeza
y piedad se negarán a acercarse
a vuestra pequeñez; no os atemoricéis
ante la Daga, porque rehusará
alojarse en vuestros huecos corazones.

Os odio, Compatriotas, porque
vosotros odiáis la gloria y la grandeza.
Os desprecio porque vosotros os despreciáis.
Soy vuestro enemigo, porque os negáis
a daros cuenta de que sois
los enemigos de las diosas.

LA ENCANTADORA HURÍ

¿Hacia dónde me llevan, Oh Encantadora
Hurí, y cuánto más debo seguirte
por este ríspido camino sembrado de
espinas? ¿Por cuánto tiempo nuestras almas
ascenderán y descenderán penosamente por este
sinuoso
sendero rocoso?

Como un niño que sigue a su madre, así
te sigo, asido a tus ropas
olvidando mis sueños y
admirando tu belleza; mis ojos,
presa de tu hechizo, están ciegos a la
procesión de espectros que se ciernen sobre
mí, y me atrae hacia ti una fuerza
interior que no puedo negar.

Detente un momento y déjame ver
tu semblante; y mírame un
momento: quizá descubra los
secretos de tu corazón en tus extraños
ojos. Detente y descansa, pues estoy fatigado,
y tiembla mi alma de miedo al transitar
esta horrible senda. Detente, pues
hemos arribado a esa terrible encrucijada
donde la Muerte abraza a la Vida.
¡Oh, Hurí, escúchame! Yo era libre

como los pájaros, explorando valles y
bosques, y volando por el vasto
cielo. Al atardecer reposaba sobre las
ramas de los árboles, meditando sobre los
templos y palacios de la Ciudad de las
coloridas Nubes, que el Sol edifica
en la mañana y destruye antes del
anochecer.

Yo era como un pensamiento, caminando solo
y en paz de Este a Oeste del
Universo, regocijándome con la
belleza y alegría de la Vida, y cuestionando
el magnífico misterio de la
existencia.

Yo era como un sueño que se deslizaba bajo
las amistosas alas de la noche,
penetrando por las ventanas cerradas
en los aposentos de las doncellas, retozando
y despertando sus esperanzas... Luego me
sentaba junto a los jóvenes y alborotaba sus
deseos... Luego exploraba los cuartos
de los mayores y me adentraba en sus pensamientos
de plácido contentamiento.

Entonces tú cautivaste mi fantasía, y desde
ese hipnótico momento me sentí como un
prisionero arrastrando sus cadenas e
impelido hacia un hogar desconocido...
Tu dulce vino, que ha robado mi voluntad,

me ha intoxicado, y ahora descubro
que mis labios besan la mano
que con rigor me golpea. ¿Acaso no puedes
ver con los ojos de tu alma la
opresión de mi corazón? Detente un
momento: estoy recobrando mis fuerzas
y liberando mis cansados pies de las
pesadas cadenas. He destruido la
copa de la que bebí tu
gustosa ponzoña... Pero ahora estoy
en tierra extraña, y perplejo:
¿Qué camino he de seguir?
He recuperado mi libertad, ¿Me aceptarás
ahora como dispuesto acompañante,
que mira el Sol con vidriosos
ojos, y empuña el fuego
con firmes dedos?

He desplegado mis alas y estoy
pronto a descender, ¿Acompañarás a
un joven que pasa sus días vagando
en las montañas como el águila solitaria y
malgasta sus noches deambulando en los
desiertos como el león inquieto?

¿Te contentarás con el
afecto de uno que considera al amor
sólo como un anfitrión y se niega
a aceptarlo como amo?

¿Aceptarás a un corazón que ama
pero jamás se rinde? ¿Y que arde, pero

jamás se funde? ¿Estarás cómoda
con un alma que se estremece ante la
tempestad, pero jamás se somete a ella?
¿Aceptarás como compañero a uno
que ni esclaviza ni es un
esclavo? ¿Serás mi dueña, pero sin
poseerme, tomando mi cuerpo pero no mi corazón?
Entonces aquí está mi mano... estréchala
con tu bella mano; y aquí está mi
cuerpo... abrázalo con tus amantes
brazos; y aquí están mis labios... prodígales
un beso profundo y embriagador.

FIN

MUERTOS ESTABAN
LOS MÍOS
(Escrito en el exilio, durante el hambre en Siria)

"PRIMERA GUERRA MUNDIAL"

Los míos se han ido, pero yo aún existo
llorándolos en soledad...
Muertos están mis amigos y por su
muerte mi vida es nada más que un gran
desastre.

Las colinas de mi país están inmersas
en lágrimas y sangre, pues se han ido los míos
y mis amados, y yo estoy aquí
viviendo como lo hacía cuando los míos y mis
amados disfrutaban de la vida y sus
alegrías, y cuando las colinas de
mi país estaban benditas y rodeadas
por la luz del sol.
Los míos murieron de hambre, y aquel que
no pereció de inanición fue despedazado
por la espada; y aquí estoy yo
en esta tierra distante, vagando
entre gente feliz que duerme
sobre lechos mullidos y que sonríe al día,
y el día les sonríe.

Los míos tuvieron una muerte dolorosa
y vergonzosa, y aquí estoy yo viviendo en la paz

y la abundancia... Es esta una gran tragedia
siempre representada en el escenario de mi
corazón; a muy pocos les importa presenciar el
drama, pues los míos son como pájaros
con las alas rotas que la bandada deja atrás.

Si estuviera hambriento y viviera entre mi
famélico pueblo, y si fuera perseguido junto con
mis oprimidos compatriotas, la carga
de estos días negros pesaría menos
sobre mis desasosegados sueños, y la
oscuridad de la noche sería menos
sombría ante mis hundidos ojos y mi
apesadumbrado corazón y mi alma herida.

Porque aquel que comparte con los suyos
los pesares y agonías sentirá el
supremo alivio que sólo el sufrimiento
y el sacrificio engendran. Y estará
en paz consigo mismo cuando muera,
inocente junto a sus compañeros inocentes.

Pero no vivo con mi hambriento
y perseguido pueblo, que camina
en el cortejo de la muerte hacia el
martirio... Estoy aquí, al otro lado
del ancho mar, viviendo a la sombra de la
tranquilidad, y a la luz de la
Paz... Estoy distante de la triste
arena y de los acongojados, y de nada
puedo enorgullecerme, ni siquiera de mis propias
lágrimas.

¿Qué puede hacer un hijo exilado por
su hambriento pueblo, y de qué vale
para su pueblo el lamento de un
poeta ausente?

Si yo fuera una mazorca de maíz plantada en la
tierra
de mi país, los niños hambrientos me
seguirían para alejar con mis granos
la mano de la Muerte de su alma. Si fuera
un fruto maduro de los jardines de mi país
Las hambrientas mujeres me arrancarían
para alimentar la vida. Si fuera
un pájaro volando en el cielo de mi país,
mis hambrientos hermanos me darían caza y
con la carne de mi cuerpo alejarían de
sus cuerpos la sombra de la tumba.

Pero ¡Ay de mí! No soy una mazorca de maíz
plantada en las llanuras de Siria, ni un
maduro fruto de los valles del Líbano:
esta es mi desventura, la muda calamidad
que me humilla ante mi alma
y ante los fantasmas de la noche...

Esta es la dolorosa tragedia que atiesa mi lengua
y maniata mis brazos y me apresa, despojado
de fuerza, acción y voluntad.
Esta es la maldición marcada a fuego
sobre mi frente
ante Dios y ante los hombres.

Y a menudo me han dicho:
"La desventura de tu país no es
nada comparada con la calamidad que aqueja
al Mundo, y las lágrimas y la sangre vertidas
por tu pueblo no son nada comparadas
con los ríos de sangre y lágrimas
derramados cada día y cada noche en los
valles y llanuras de la tierra.

Sí, pero la muerte de los míos es
una silenciosa acusación; es un crimen
concebido por la mente de invisibles
serpientes... Una tragedia sin
música ni decorados... Y si los míos
hubieran atacado a los déspotas
y opresores para morir como rebeldes,
yo hubiera dicho: "Morir por
la libertad es más noble que vivir a la
sombra de la débil sumisión, porque
aquel que abrace a la muerte con la espada
de la Verdad en la mano, se eternizará
en la Eternidad de la Verdad, pues la Vida
es más débil que la Muerte, y la Muerte
más débil que la Verdad.

Si mi nación hubiera participado en la guerra
de todas las naciones y hubiera muerto en el
campo de batalla, yo diría que fue
la rugiente tempestad quien quebró
con su furia las tiernas ramas; y una
muerte violenta bajo un cielo de

tormenta es más noble que morir
lentamente en los brazos de la senilidad.
Pero no hubo salvación de esas
fauces... Los míos cayeron
y lloraron con los sollozantes ángeles.

Si un terremoto hubiera desgarrado
a mi país en dos y la tierra hubiera
engullido a los míos en su seno,
yo hubiera dicho: "Una gran ley misteriosa
ha actuado por voluntad de la fuerza divina,
y sería una locura si nosotros
frágiles mortales, intentáramos escudriñar
sus profundos secretos..."

Pero los míos no murieron en rebeldía;
no los mataron en el campo
de batalla; ni tampoco un terremoto
destrozó mi país para avasallarlos.
la muerte fue su único salvador, y
el hambre su único menoscabo.

Los míos murieron en la cruz...
murieron con las manos
extendidas hacia Oriente y Occidente,
mientras los despojos de sus ojos
miraban la oscuridad del
firmamento... Murieron en silencio.
Pues la humanidad había cerrado sus oídos
a sus gritos. Murieron por no
favorecer a su enemigo.
Murieron por amar a sus

vecinos. Murieron por depositar
su confianza en la humanidad.
Murieron por no oprimir
al opresor. Murieron
porque eran las flores
aplastadas, y no los aplastantes pies.
Murieron porque eran pacíficos.

Perecieron de hambre en una tierra
rica en leche y miel.
Murieron porque se levantaron
los monstruos del infierno y destruyeron
todo lo que crecía en sus campos
y devoraron sus últimas reservas...
Murieron porque las víboras y
los hijos de las víboras escupieron veneno
en el espacio donde los Cedros Sagrados y
las rosas y el jazmín exhalaban
su fragancia...
Los míos y los tuyos, Hermano
Sirio, están muertos... ¿Qué se puede
hacer por los que mueren? Nuestros
lamentos no paliarán su
hambre y nuestras lágrimas no saciarán
su sed; ¿Qué podemos hacer para
salvarlos de la férreas garras del
hambre? Hermano mío, la bondad
que te impele a ofrecer una parte de tu vida
a cualquier ser humano que esté en
camino de perder su vida, es la única virtud
que te hace digno de la luz del

día y la paz de la
noche... Recuerda, hermano mío,
que la moneda que dejas caer en
la marchita mano que se tiende hacia
ti, es la única cadena de oro que
enlaza tu rico corazón
con el amante corazón de Dios.

LA VIOLETA AMBICIOSA

Había en un bosque solitario una bonita violeta que vivía, satisfecha, entre sus compañeras.

Cierta mañana, alzó su cabeza y vio una rosa que se alzaba, por encima de ella, radiante y orgullosa.

Gimió la violeta diciendo:

-Poca suerte he tenido entre las flores. ¡Humilde es mi destino! Vivo pegada a la tierra y no puedo levantar mi cara hacia el sol como lo hacen las rosas!

Y la Naturaleza la oyó y le dijo a la violeta:

- ¿Qué te ocurre, hijita mía? ¿Las vanas ambiciones se han apoderado de ti?

-Te suplico, oh, Madre Poderosa -dijo la violeta-, que me transformes en rosa, tan siquiera por un día.

-No sabes lo que estás pidiendo -respondió la Naturaleza-. Ignoras los infortunios que se esconden tras la apariencia de las grandezas.

-Transfórmame en una rosa esbelta -insistió la violeta-. Y todo lo que me acontezca será consecuencia de mis propios deseos y aspiraciones.

La Naturaleza extendió su mágica mano y la violeta se transformó en una rosa suntuosa.

Y en la tarde de aquel día, el cielo se oscureció y los vientos y la lluvia devastaron el bosque. Y los árboles y las rosas cayeron abatidas. Solamente las humilde violetas escaparon a la masacre.

Y una de ellas, mirando alrededor de sí, dijo a sus compañeras:

-Mirad, hermanas, lo que la tempestad hizo de las grandes plantas que se levantaban con orgullo e impertinencia. -Nosotros nos apegamos a la tierras-dijo otra-, pero escapamos a la furia de los huracanes.

Y dijo una tercera -Somos pequeñas y humildes, pero las tempestades no pueden con nosotras.

Entonces, la reina de las violetas vio a la rosa que había sido violeta, extendida sobre el suelo, como muerta. Y dijo: -Ved y meditad, hijas mías, sobre la suerte de la violeta ilusionada por sus ambiciones. ¡Que su infortunio les sirva de ejemplo!

Y oyendo esas palabras, la rosa agonizante se estremeció y, apelando a todas sus fuerzas, dijo con voz entrecortada: -Oídme, ignorantes, satisfechas y cobardes. Ayer era como vosotras, humilde y segura. Mas la satisfacción que me protegía también me limitaba. Podía continuar viviendo como vosotras, pegada al suelo, hasta que el invierno me envolviera con su nieve y me llevase hasta el silencio eterno, sin conocer los secretos y las glorias de la vida, más allá de lo que innumerables generaciones de violetas conocieron, desde que hubo violetas en el mundo.

"Pero escuché, en el silencio de la noche; y oí al mundo superior decir a este mundo: "El objetivo de la vida es alcanzar lo que hay más allá de la vida." Pedí, entonces a la Naturaleza -que no es sino la exteriorización de nuestros sueños invisibles- me transformara en una rosa. Y la Naturaleza accedió a mi deseo.

"Viví una hora como rosa. Viví una hora como reina. Y vi el mundo con los ojos de una rosa. Y oí la melodía del éter con los oídos de una rosa. Y acaricié la luz con los pétalos de una rosa. ¿Puede, alguna de vosotras vanagloriarse de tal honra?

"Muero ahora, llevando en el alma lo que el alma de violeta alguna jamás experimentó. Muero sabiendo lo que hay más allá de los horizontes estrechos en que nací. Y este es el objetivo de la vida.

LAS LETRAS DE FUEGO

Grabad sobre la placa de mi sepulcro:
"Aquí yacen los restos de quien escribió
su nombre en agua". KEATS.

¿Este es el fin de las noches?

¿Así nos extinguimos bajo los pies del destino?

¿Así nos doblegan los siglos y no nos guardan más que un nombre que escriben sobre sus páginas, en agua en vez de tinta?

¿Se apagarán aquellas luces y desaparecerán aquellos amores?

¿Se esfumarán aquellas esperanzas?

¿Destruirá la muerte todo lo que edificamos, o dispersará el viento todo lo que decimos?

¿Y la sombra cubrirá lo que hacemos?

¿Es esta la vida?

¿Es un pasado que se fue y desaparecieron sus restos? Es un presente que corre siguiendo el pasado, o es un futuro misterioso hasta tanto se haga presente o pasado?

¿Desaparecerán todos los placeres de nuestros corazones y todas las tristezas de nuestras almas sin saber su resultado? ¿Así debe ser el hombre, cual espuma de mar que al roce de la ventisca se desvanece y se apaga como si no hubiera existido?

¡No por mi vida! La verdad de la Vida es una vida cuyo principio no está en el pecho y cuyo fin no es el sepulcro. Estos no son más que unos instantes de una vida eterna.

Nuestra vida mundana, como todo lo que contiene, es un sueño a la par del despertar que llamamos la muerte horrorosa. Un sueño, pero todo lo que en él hemos visto y hecho quedará eterno en la perpetuidad de Dios.

La brisa lleva cada sonrisa y cada suspiro de nuestros corazones y guarda el eco de cada beso nacido del amor. Los ángeles cuentan cada lágrima que la aflicción vierte de nuestros ojos; y los espíritus que vagan en el infinito devuelven cada canción que la alegría ha improvisado en nuestras sensibilidades. Allí en el mundo venidero veremos la tristeza y sentiremos las vibraciones de nuestros corazones; allí recordaremos la esencia de nuestra idolatría, que despreciamos ahora, incitados por la desesperación.

El extravío que aquí llamamos debilidad aparecerá mañana como un necesario eslabón para completar la cadena de la vida del hombre.

Los trabajos penosos que no nos compensan, vivirán entre nosotros y publicarán nuestra gloria.

Las desgracias y los infortunios que soportamos serán aureolas de nuestro orgullo.

Eso... y si hubiera sabido Keats, aquel ruiseñor melodioso, que sus canciones aún siguen infundiendo el espíritu del amor a la belleza en el corazón de los hombres, habría exclamado:

Grabad sobre la placa de mi sepulcro:
"Aquí yacen los restos de quien escribió
su nombre sobre la faz del cielo con letras de fuego."

FIN

ARENA Y ESPUMA

Siempre estoy vagando en esta playa
entre la arena y la espuma.
La marea borrará las huellas de mis pies
y el viento esparcirá la espuma.
Pero el mar y la playa continuarán por siempre
jamás.

Un día encerré en mi mano un poco de niebla.
y al abrir el puño, ¡ay!, la niebla
se había convertido en gusano.
Volvía cerrar y abrir el puño, y ¡Albricias!,
en mi palma había un pájaro.
Nuevamente cerré y abrí el puño, y
vi que en mi palma había un hombre,
de pie, de rostro triste, que me observaba.
y volví a cerrar el puño; al abrirlo,
no había más que niebla.
Pero escuché un canto de inenarrable dulzura.

Apenas ayer me sentía una partícula
oscilando sin ritmo en la espera de la vida.
Ahora sé que soy la espera, y toda
la vida palpita en rítmicos fragmentos
en mi interior.

Me dicen, en su vigilia:
"Tú y el mundo en que vives no sois
más que un grano de arena en la

infinita playa de un mar infinito".
Y yo les digo, en mi sueño: "Soy
el mar infinito, y todas las palabras
no son más que granos de arena
en mi playa".

Sólo una vez me quedé sin palabras.
Fue cuando un hombre me preguntó:
"¿Quién eres?"

El primer pensamiento de Dios fue un ángel.
La primera palabra de Dios fue un hombre.

Fuimos criaturas ondulantes, vagarosas, ansiosas,
un millón de años antes de que el mar y el viento
del bosque nos dieran palabras.
Ahora bien, ¿cómo podremos expresar lo muy antiguo que hay en nosotros, sólo con los sonidos de
nuestros recientes ayeres?

La esfinge habló sólo una vez, y dijo: "Un desierto
es un grano de arena, y un grano de arena es un desierto; y ahora, volvamos a guardar silencio".
Oí lo que dijo la Esfinge, pero no lo comprendí.

Una vez miré el rostro de una mujer y en, él vi a
todos sus hijos aún no nacidos.
Y una mujer me miró a la cara, y conoció a todos
mis antepasados, muertos antes de que ella na-
ciera.

Ahora me realizaría plenamente. Pero, ¿cómo, a
menos que llegue yo a ser un planeta con seres in-
teligentes que moren en él?

¿No es esta la meta de todos los hombres?

Una perla es un templo, construido por el dolor en torno a un grano de arena.
¿Qué ansiedad construye nuestros cuerpos, y en torno a qué granos?
Cuando Dios me arrojó, a mí, una piedrecilla, a este maravilloso lago, turbé la superficie del agua con incontables círculos.
Pero cuando alcancé la profundidad, me quedé en gran quietud.

Dadme silencio y desafiaré a la noche.

Conocí mi segundo nacimiento cuando mi alma y mi cuerpo se amaron y casaron.

Una vez, conocí a un hombre de oído sumamente fino, pero mudo. Había perdido la lengua en una batalla.
Ahora sé en qué batallas combatió ese hombre antes de llegar el gran silencio. Y me alegré de que ese hombre estuviera muerto.
El mundo no es, suficientemente vasto para que cupiéramos él y yo.

Largo tiempo yací en el polvo de Egipto, silente, y ajeno a las estaciones.
Luego, el Sol me hizo nacer, me erguí, y caminé por las riberas del Nilo, cantando con los días y soñando con las noches.
Y ahora, el Sol me persigue con mil pies, para que caiga nuevamente en el polvo de Egipto.

Pero, ¡oíd la maravilla y el acertijo!: ni el Sol mismo, que unió mis elementos, puede esparcirlos.

Aún estoy levantado, y mi pie es seguro; sigo caminando por las riberas del Nilo.

Recordarse es una manera de encontrarse.

El olvido es una forma de libertad.

Medimos el tiempo según el movimiento de incontables soles; y ellos miden el tiempo con pequeñas máquinas que llevan en los bolsillos.

Ahora, decidme: ¿cómo podremos reunirnos alguna vez, en el mismo sitio y a la misma hora?

El Espacio no representa espacio alguno entre la Tierra y el Sol, para quien mira desde las ventanas de la Vía Láctea.

La humanidad es un río de luz, que corre desde la ex eternidad hasta la eternidad.

¿No envidian los espíritus que moran en el éter el dolor del hombre?

Camino a la Ciudad Santa, encontré a otro peregrino, y le pregunté

-¿Es éste verdaderamente el camino hacia la Ciudad Santa?

Y aquel peregrino me dijo:

-Sígueme, y llegarás a la Ciudad Santa dentro de un día y una noche.

Y lo seguí. Y caminamos muchos días y muchas

noches, pero llegamos a la Ciudad Santa.
Y lo que más me asombró fue que aquel peregrino se enojara conmigo, por haberme desorientado.

¡Oh, Dios!, hazme presa del león, antes de que hagas que el conejo sea mi presa.

No se puede llegar al alba, sino por el sendero de la noche.

Mi casa me dice: -No me dejes, aquí mora tu pasado.
Y el camino me dice: -Ven, y sígueme, soy tu futuro.
Y yo digo, tanto a mi casa como al camino:
-Yo no tengo pasado ni futuro. Si me quedo aquí, hay un deseo de marcharme, en mi estancia; y si voy allá, hay un deseó de estancia en mi partida.
Sólo el amor y la muerte transforman todas las cosas.
¿Cómo perder la fe en la justicia de la vida, si los sueños de quienes duermen sobre plumas no son más hermosos que los sueños de quienes duermen sobre la tierra?

Es extraño, pero el deseo de algunos placeres forma parte de mi dolor.

Siete veces he despreciado a mi alma:
La primera vez, cuando la vi desfalleciente, y debía llegar a las alturas.
La segunda vez, cuando la vi saltar ante un inválido.

La tercera vez cuando le dieron a elegir entre lo arduo y lo fácil, y escogió lo fácil.

La cuarta vez, cuando cometió una falta y se consoló pensando que los demás también cometen faltas.

La quinta vez, cuando se abstuvo por debilidad, y atribuyó su paciencia a la fortaleza.

La sexta vez, cuando despreció un rostro feo, sin saber que tal rostro era una de sus propias máscaras.

Y la séptima vez, cuando entonó un canto de alabanza, y lo consideró una virtud.

Ignoro la verdad absoluta. Pero soy humilde ante mi ignorancia, y en ello residen mi honor y mi recompensa.

Hay un espacio entre la imaginación y los logros del hombre que sólo puede atravesar su ansiedad.

El paraíso está ahí, detrás de esa puerta, en la habitación contigua; pero he perdido la llave.

O acaso únicamente la haya extraviado.

Tú eres ciego, y yo soy sordomudo, así que, toquémonos las ̄ manos, y comprendámonos.

La importancia del hombre no reside en lo que logra, sino en lo que ansía lograr.

Algunos hombres somos como tinta, y otros somos como papel.

Y si no fuera por la negrura de unos, algunos sería-

mos mudos.
Y si no fuera por la blancura de unos, otros seríamos ciegos.

Dadme un oído y os daré una voz.

Nuestra mente es una esponja; nuestro corazón un río. ¿No es extraño que a la mayoría nos guste más succionar que correr?

Cuando ansiáis bendiciones que no podéis nombrar, y cuando pensáis sin saber la causa, entonces, verdaderamente, estáis creciendo con todo lo que crece, y elevándoos hacia vuestro yo superior.

Cuando alguien está embriagado con una visión, cree que la vaga expresión de ella es el vino mismo.

Bebéis vino para embriagaros; y yo bebo vino para que me desintoxique de aquel otro vino...

Cuando mi copa está vacía, me resigno a su vaciedad; pero cuando está a la mitad, me duele que no esté llena.

La realidad de la otra persona no está en lo que te revela, sino en lo que no puede revelarte.
Por lo tanto, si quieres entender a esa otra persona, no escuches lo que dice, sino lo que calla.

La mitad de lo que digo carece de significado; pero lo digo, para que la otra mitad pueda llegar a ti.

El sentido del humor es el sentido de la proporción.

Mi soledad nació cuando los hombres elogiaron mis parlanchinas faltas, y censuraron mis calladas virtudes.

Cuando la Vida no encuentra a un filósofo que cante al corazón de la Vida, produce un filósofo que habla de la mente de la Vida.

Una verdad hay que conocerla siempre, y sólo a veces hay que decirla.

Lo real, en nosotros, guarda silencio. Lo adquirido es lo que habla mucho.

La voz de la Vida, en mí; no puede llegar al oído de la Vida, en ti: pero hablemos, para que no nos sintamos solos. Al hablar dos mujeres, no dicen nada; cuando una mujer habla, revela todo lo de la vida.

La voz de las ranas acaso sea más intensa que la del buey, pero, las ranas no pueden tirar del arado en el campo, ni mover la rueda del molino, y con las pieles de las ranas no se pueden hacer zapatos.

Solamente los mudos envidian al parlanchín.

Si dijera el Invierno: "La Primavera está en mi corazón", ¿creerías al Invierno?

Toda semilla es un anhelo.

Si abrieras realmente los ojos, y vieras, verías tu imagen en todas las imágenes.

Y si abrieras tus oídos para oír, oirías tu propia voz en todas las voces.

Para descubrir la verdad, se necesitan dos personas; una, para decirla, y otra, para escucharla.

Aunque las ondas de las palabras están siempre sobre nosotros, en nuestra profundidad siempre reina el silencio.

La abundancia de doctrina es como el cristal de una ventana; vemos a través, pero nos separa de la verdad.

Ahora, juguemos al escondite. Si te escondes en mi corazón, no será difícil encontrarte. Pero si te escondes tras tu concha, será en vano que te busquen.

La mujer puede ocultar su verdadero rostro tras el velo de una sonrisa.

¡Qué noble es el corazón apesadumbrado que acepta entonar una alegre canción en compañía de corazones alegres! Quien lograra entender a una mujer, o describir el genio, o descifrar el misterio del silencio, sería un hombre que, al despertar de un hermoso sueño, podría disfrutar tranquilamente de su desayuno.

Quiero caminar junto a los que caminan. No quiero permanecer inmóvil, contemplando la procesión.

A quien te sirve, le debes algo más que oro; dale una parte de tu corazón, o tus servicios.

No; no hemos vivido en vano; ¿no han construido ellos torres con nuestros huesos?

No seamos limitados y discursivos. La mente del poeta y la cola del escorpión se yerguen gloriosamente desde la misma tierra.

Todo dragón da el ser a un San Jorge, que lo mata.

Los árboles son poemas que escribe la tierra en el cielo. Los abatimos y los transformamos en papel, para consignar en él nuestro vacío interior.

Si quieres escribir (y sólo los santos saben por qué lo harías) debes tener conocimiento, arte y magia: conocimiento de la música de las palabras, el arte de ocultar tu arte y la magia de amar a tus posibles lectores.

Algunos mojan la pluma en nuestros corazones, y creen que están inspirados.

Si un árbol escribiera su autobiografía, ésta no sería diferente de la historia de toda una raza.

Si se me diera a elegir entre la capacidad de escribir un poema, y el éxtasis de un poema no escrito, elegiría el éxtasis. Es mejor poesía.

La poesía no es opinión explícita. Es una canción que surge de una herida sangrante o de una boca sonriente.

Las palabras son intemporales. Debes pronunciarlas o escribirlas, recordando que son intemporales.

Un poeta es un rey destronado que se sienta entre las cenizas de su palacio, tratando de formar una imagen con esas cenizas.

La poesía es labor de gozo, dolor y maravilla, con sólo algún signo del diccionario.

En vano buscará un poeta a la madre de los cantos de su propio corazón.

Una vez le dije a un poeta: -No sabremos lo que vales, hasta que mueras.
Y me contestó: -Sí; la muerte es la gran reveladora.
Y si en verdad sabes lo que valgo cuando yo muera, es que habré tenido más poesía en mi corazón que en mi lengua, y más en mi deseo, qué en la mano.
Si cantas a la belleza, aunque estés solo en el corazón de un desierto, tendrás público.

La poesía es sapiencia que encanta al corazón.
La, sapiencia es poesía que canta en la mente.
Si pudiéramos encantar el corazón del hombre, y al mismo tiempo cantar en su mente, en verdad viviríamos a la sombra de Dios.

La inspiración siempre cantará; nunca dará explicaciones.

A menudo entonamos canciones de arrullo a nuestros hijos, para poder dormir nosotros.

Todas nuestras palabras no son sino migajas que caen del banquete del intelecto.

Pensar es siempre el escollo máximo de la poesía.

El mayor poeta es el que canta nuestros silencios.

¿Cómo podrás cantar, si tu boca está llena de comida? ¿Cómo podrá alzarse tu mano para bendecir, si está llena de oro?

Dicen que el ruiseñor se hiere el pecho con una espina cuando entona su canción de amor.
Y todos hacemos lo mismo. ¿De qué manera podríamos cantar?
El genio no es más que el ritmo de un jilguero al principio de una lenta primavera.

Ni los más alados espíritus pueden escapar de las necesidades físicas.

Un loco no es menos músico que tú o que yo; lo que sucede es que el instrumento en que toca está algo desafinado.

La canción que alienta silenciosa en el corazón de una madre, canta en los labios de su hijo.

Ningún anhelo puro quedará insatisfecho.

Nunca he podido ponerme de acuerdo con mi otro yo. La verdad parece estar entre él y yo.

Tu otro yo siempre se compadece de ti. Pero tu otro yo crece en la compasión, así que todo está bien.

La pugna entre alma y cuerpo sólo existe en las mentes de aquellos cuyas almas están dormidas y cuyos cuerpos están desafinados.

Cuando llegues al corazón de la vida, descubrirás belleza en toda cosa; incluso en los ojos ciegos a la belleza.

Vivimos sólo para descubrir la belleza. Todo lo demás es una forma de la espera.

Siembra una semilla y te dará una flor. Eleva tu sueño al cielo y te devolverá al ser amado.

El Demonio murió el mismo día que naciste. Ahora, no tienes que pasar por el infierno para conocer a un ángel.

Muchas mujeres toman prestado el corazón de un hombre; muy pocas pueden poseerlo.

Si quieres poseer, no puedes reclamar.

Cuando un hombre toca la mano de una mujer, ambos tocan el corazón de la eternidad.

El amor es el velo entre los que se aman.

Todo hombre ama a dos mujeres: la que ha creado en su imaginación, y la que todavía no ha nacido.

Los hombres que no perdonan a las mujeres sus pequeños defectos nunca gozarán con sus grandes virtudes.

El amor que no se renueva cada día, se vuelve un hábito y una esclavitud.

Los amantes abrazan lo que está entre ellos, más que abrazarse uno al otro.

El amor y la duda nunca han armonizado.

El amor es una palabra luminosa, escrita por una mano luminosa, en una página luminosa.

La amistad es siempre una dulce responsabilidad, nunca una oportunidad.

Si no comprendes a tu amigo en toda circunstancia, jamás lo entenderás.

Tu más radiante traje fue tejido por otro. Tu alimento más sabroso es el que comes en la mesa de otra persona.
Tu lecho más cómodo es el de la casa de otra persona. Ahora, dime: ¿cómo puedes separar tu ser interior de las demás personas?

Tu mente y mi corazón no se pondrán de acuerdo hasta que tu mente deje de vivir entre números, y mi corazón, en la niebla.

No llegaremos a entendernos tú y yo hasta que reduzcamos el lenguaje a siete palabras.

¿Cómo podrá abrirse mi corazón, a menos que se rompa?

Sólo una gran tristeza o una gran alegría pueden revelar tu verdad.
Y si revelas tu verdad, debes, o danzar al sol, o llevar tu cruz.
Si la Naturaleza se detuviera a escuchar todo lo que decimos acerca de nuestra satisfacción, ningún río buscaría el mar, y ningún invierno se tornaría primavera. Y si escuchara la Naturaleza todo lo que decimos acerca del ahorro, ¿cuántos de nosotros estaríamos respirando este aire?

Cuando das la espalda al sol, no ves más que tu sombra.

Eres libre a la luz del sol y libre ante la estrella de la noche.

Y eres libre cuando no hay sol, ni luna, ni estrellas. Incluso eres libre cuando cierras los ojos a todo lo que existe.
Pero eres esclavo de quien amas, por el hecho mismo de amarlo.
Y eres esclavo de quien te ama, por el hecho mismo de dejarte amar.

Todos somos mendigos a la puerta del templo y todos recibimos nuestra parte de la riqueza del rey, arando éste entra en el templo, y cuando sale de él.
Pero nos envidiamos unos a otros, lo cual es otra

manera de rebajar al rey.

No puedes consumir más allá de tu apetito. La otra mitad de la hogaza de pan pertenece a otro, y debe quedar otro poco de pan para el huésped inesperado.

Si no fuera por los huéspedes, todas las casas serían tumbas.

Un magnánimo lobo dijo a una humilde oveja: -¿Te servirías honrar mi casa con tu visita?
Y la oveja respondió: -Hubiéramos tenido un gran honor en visitar tu casa, si no fuera por tu estómago...

Detuve a mi invitado en el umbral de mi casa, y le dije: -No, no te limpies los pies al entrar, sino al salir.
La generosidad no estriba en que me des lo que necesito más que tú, sino en que me des lo que tú necesitas más que yo.

En verdad sois caritativos cuando dais, y cuando al dar, volvéis el rostro para no ver la timidez de quien recibe.

La diferencia entre el hombre más rico y el más pobre no es sino un día de hambre y una hora de sed.

A menudo pedimos prestado a nuestro mañana, para pagar las deudas de nuestros ayeres.

A mí también me visitan ángeles y demonios, pero me deshago de ellos.
Cuando es un ángel, recito una vieja oración, y el ángel se aburre.
Cuando es un demonio, cometo un viejo pecado, y el demonio se aleja de mí.

Después de todo, no es esta una mala prisión; pero no me gusta éste muro entre mi celda y la del recluso de al lado.
Sin embargo, os aseguro que no es mi intención hacer reproches, ni al alcalde, ni al Constructor de la prisión.

Los que te dan una serpiente cuando les pides un pescado, acaso no tengan más que serpientes. Por lo tanto, si esto te dan, es generosidad de parte de ellos.

El engaño tiene éxito a veces, pero siempre termina por suicidarse.

En realidad sabes perdonar cuando perdonas a los asesinos que nunca derraman sangre, a los ladrones que nunca roban y a los mentirosos que jamás dicen una falsedad.

Quien pueda poner el dedo en la línea que separa el bien del mal, es el que podrá tocar la orla de la túnica de Dios.

Si tu corazón es un volcán, ¿cómo esperas que florezcan rosas en tus manos?

¡Qué extraña forma de autocomplacencia! Hay veces en que me hacen daño y me engañan, y río a expensas de quienes creen que no me doy cuenta de que me hacen daño y me engañan.

¿Qué diré de aquel perseguidor que representa el papel de perseguido?
Deja que el que se limpia las manos sucias en tu traje se lleve ese traje. Quizás él, lo necesite alguna vez; tú seguramente no.

Es una lástima que los cambistas no puedan ser buenos jardineros.

Por favor, ¡no blanquees tus defectos congénitos con tus virtudes adquiridas! Prefiero tus defectos; son como los míos.

¡Qué a menudo me he atribuido crímenes que nunca cometí, para que la otra persona se sintiera cómoda en mi presencia!

Incluso las máscaras de la vida son máscaras de un misterio más profundo.

Puedes juzgar a los demás sólo según el conocimiento que tengas de ti mismo.
Dime, ahora: ¿quién de nosotros es culpable, y quién, inocente?

El verdadero justo es aquel que se siente culpable, a medias, de tus faltas.

Sólo el idiota y el genio infringen la ley hecha por

el hombre; y son los que están más cerca del corazón de Dios.

Sólo cuando te persiguen te haces veloz.

No tengo enemigos, ¡oh Dios!, pero si es preciso que tenga un enemigo, que su fuerza sea igual á la mía, y que sólo la verdad triunfe.

Serás bastante buen amigo de tu enemigo actual, cuando ambos mueran.

Es posible que un hombre se suicide en defensa propia.

Hace mucho vivió un Hombre al que crucificaron por amar demasiado, y por ser demasiado adorable.
Y aunque os parezca extraño, ayer me encontré con él, tres veces.
La primera vez, Él pedía a un policía que no se llevara a una prostituta a la cárcel; la segunda vez, bebía en compañía de un forajido; y la tercera vez, estaba boxeando con un promotor de peleas, en el interior de una iglesia.

Si todo lo que dicen del bien y del mal fuera cierto, toda mi vida no sería más que un largo y constante crimen.

La piedad o conmiseración, es justicia a medias.

El único que ha sido injusto conmigo es aquel con cuyo hermano he sido injusto.

Cuando veas que a un hombre lo llevan a prisión, di en tu corazón: "Acaso escape de una prisión más estrecha". Y cuando veas a un hombre ebrio, di en tu corazón: "Acaso trate de escapar de algo aún menos bello".

Muchas veces he odiado en defensa propia; pero si fuera yo más fuerte, no habría utilizado un arma tan vil.

¡Qué tonto es el que quiere ocultar el odio que asoma por sus ojos con la sonrisa de sus labios!

Sólo quienes se sientan por debajo de mí podrán envidiarme u odiarme.
Nunca me han envidiado ni odiado; no estoy por encima de nadie.
Sólo quienes se sientan por encima de mí podrán elogiarme o vituperarme.
Nunca me han elogiado ni minimizado; no estoy por debajo de nadie.

Cuando me dices: "No te comprendo", es un elogio que va más allá de mi valer y un insulto que no mereces.

¡Qué mezquino soy cuando la Vida me da oro, y te doy plata, y todavía me considero generoso!

Cuando llegues al corazón de la Vida, sabrás que no estás por encima del felón, ni por debajo del profeta.

Es extraño que te conduelas del lento de pies, y no del lento de intelecto.
Y que tengas lástima del ciego, y no del de corazón ciego.

Es sensato que el cojo no rompa sus muletas en la cabeza de su enemigo.
¡Qué ciego es el que te deja algo de su bolsillo, para poder tomar algo de tu corazón!

La Vida es una procesión. El de pies lentos la considera demasiado veloz, y se aparta de ella.
Y el de pies veloces la encuentra demasiado veloz, y también se aparta de ella.
Si existe lo que llaman "pecado", algunos de nosotros lo cometemos siguiendo los pasos de nuestros antepasados.
Y otros lo cometemos adelantándonos, siendo demasiado exigentes con nuestros hijos.
El hombre verdaderamente bueno es aquel que es uno con todos los considerados malos.
Todos somos reclusos de alguna prisión, pero algunos estamos en celdas con ventanas, y otros no.

Es extraño que todos defendamos nuestros errores con más ahínco que nuestros derechos.

Si unos a otros nos confesáramos en voz alta nuestros pecados, todos reiríamos unos de otros, de nuestra falta de originalidad.
Y si nos reveláramos unos a otros nuestras virtudes, también reiríamos por la misma causa.

Un individuo está por encima de las leyes hechas por el hombre hasta que comete un crimen contra las convenciones humanas.
Después de eso, ya no está, ni por encima de nadie, ni por debajo de nadie.

El Gobierno es un acuerdo entre tú y yo. Y, a menudo, tú y yo nos equivocamos.

El crimen es, u otro nombre de la necesidad, o bien un aspecto de la enfermedad.
¿Hay falta mayor que estar consciente de las faltas de los demás?

Si la otra persona se ríe de ti, puedes tenerle lástima; pero si tú te ríes de esa persona, acaso nunca te lo perdones. Si la otra persona te hiere, puedes perdonarla. Pero si eres tú el que hiere, siempre lo recordarás.

En verdad la otra persona es tu yo más sensible, al que se le ha dado otro cuerpo.
¡Qué atolondrado eres cuando quieres que los hombres vuelen con tus alas y ni siquiera puedes darles una pluma!

Una vez un hombre se sentó a mi mesa, comió mi pan y bebió mi vino, y al marcharse hizo mofó de mí.
Luego, el mismo hombre acudió a mí nuevamente, en busca de pan y vino, y lo rechacé.
Y los ángeles se rieron de mí.

EDIT DANIEL CARBALLO

El odio es una cosa muerta. ¿A quién de vosotros le gustaría ser una tumba?

El honor del asesinado estriba en no ser el asesino.

La tribuna de la humanidad reside en su silente corazón; nunca en su parlanchina mente.

Me juzgan loco porque no vendo mis días por oro. Y yo los juzgo locos, porque piensan que mis días tienen precio.

Ellos despliegan frente a nosotros sus tesoros de oro y plata, de marfil y de ébano, y nosotros desplegamos ante ellos nuestros corazones y nuestros espíritus.

Sin embargo, ellos piensan que son anfitriones, y nosotros los huéspedes.

Sería yo el último entre los hombres que sueñan, y que tienen el deseo de realizar sus sueños, y no el más encumbrado, sin sueños ni deseos.

El hombre más digno de lástima es el que convierte sus sueños en oro y plata.

Todos vamos subiendo hacia la cumbre del deseo de nuestro corazón. Si tu vecino, al subir, te roba tu talego y tu bolsa, y con ello agrega peso a su carga, debes tener piedad de él.

Porque la subida será más ardua para su carne, y la carga alargará su camino.

Y si tú, en tu ligereza, ves que jadea ese ladrón y que su carne flaquea al subir, ayúdalo un poco; así serás más veloz.

No puedes juzgar a ningún hombre más allá de tu conocimiento de ese hombre. ¡Y cuán reducido es tu conocimiento!

No escucharía al conquistador que predice a los conquistados.

El verdadero hombre libre es el que soporta el peso de su cadena con paciencia.

Mi vecino me dijo hace mil años: -Odio la vida, porque no es sino motivo de dolor.
Y ayer, al pasar por el cementerio, vi a la Vida bailando sobre su tumba.

La lucha, en la Naturaleza, no es sino desorden, ansioso de orden.

La soledad es una callada tempestad que rompe y derriba todas nuestras ramas muertas, pero que envía nuestras raíces vivas a mayor profundidad en el viviente corazón de la viviente tierra.

Una vez hablé del mar a un arroyuelo, y el arroyuelo pensó que mi imaginación exageraba.

Y en otra ocasión hablé del arroyuelo al mar, y el mar pensó que yo era un despreciativo difamador.

¡Qué estrecha es la visión que exalta la laboriosidad de la hormiga por encima del canto del grillo!

Es posible que la más alta virtud aquí, sea la menor, en otro mundo.

Lo hondo y lo alto son a la profundidad o a la altura, sólo lo espacioso puede moverse en círculos.

Si no fuera por nuestra noción de las pesas y las medidas, nos quedaríamos atónitos ante la luciérnaga, como ante el Sol.

Un científico sin imaginación es un carnicero, con cuchillos mellados y balanzas desequilibradas. Pero, ¿qué hacer? No todos somos vegetarianos.

Cuando cantas, el hambriento te escucha con el estómago.

La muerte no está más cerca del anciano que del recién nacido; tampoco la vida.

Si de veras tienes que ser franco, hazlo humanamente; si no, guarda silencio, porque en nuestro barrio hay un hombre que está muriendo.

Acaso un funeral entre hombres sea una celebración de bodas entre ángeles.

Una realidad olvidada puede morir, y dejar en su testamento mil hechos y realidades, para que se gasten en su funeral y en la construcción de su tumba.

En realidad, sólo hablamos para nosotros mismos, pero a veces hablamos en voz suficientemente alta, para que los demás puedan oírnos.

Lo evidente es eso que no se ve si no se expresa con sencillez.

Si la Vía Láctea no estuviera dentro de mí, ¿cómo hubiera podido verla o conocerla?

A menos que sea yo un físico entre físicos, nadie creerá que soy astrónomo.

Acaso la definición del mar, respecto a la concha, sea la perla.
Y acaso la definición del tiempo, respecto al carbón, sea el diamante.

La fama es la sombra de la pasión que se yergue a la luz.

Una raíz es una flor que desprecia la fama.

No hay religión ni ciencia más allá de la belleza.

Todo gran hombre que he conocido tenía alguna pequeñez; y fue esa pequeñez la que impidió que el gran hombre se volviera inactivo, o loco, o que se suicidara.

El verdadero gran hombre es el que no se enseñorea de nadie, ni permite que nadie lo domine.

No creeré que el hombre es mediocre, simplemente porque mata a los criminales y a los profetas, enfermo de arrogancia.

La tolerancia es amor.

Los gusanos volverán; pero ¿no es extraño que hasta los elefantes yazgan en la tierra?

Un desacuerdo puede ser el más corto atajo entre dos mentes.

Soy la llama y la mecha; y una parte de mí mismo consume la otra.

Todos vamos en pos de la, cumbre de la montaña sagrada; pero, ¿no sería más corto nuestro camino si consideráramos el pasado un mapa, y no una guía?

La sabiduría deja de ser sabiduría cuando es demasiado orgullosa para llorar, demasiado grave para reír y demasiado llena de sí misma para buscar a los demás.

Si me llenara de todo lo que sabes, ¿qué espacio quedaría para todo lo que no sabes?

He aprendido a callar de los parlanchines; a tolerar de los intelectuales, y a ser bondadoso de los duros de corazón. No obstante, es extraño que no sienta gratitud hacia tales maestros.

Un fanático es un orador más sordo que una tapia.

El silencio del envidioso produce demasiado ruido.

Cuando llegues al final de lo que debes ser, estarás al principio de lo que debes sentir.

Una exageración es una verdad que ha perdido la compostura.

Si sólo puedes ver lo que revela la luz, y oír solamente lo que anuncia el sonido, entonces, en verdad, ni ves, ni oyes.

Un hecho es una verdad asexuada.

No puedes reír y ser despiadado al mismo tiempo.

Los más cercanos a mi corazón: un rey sin reino y un pobre que no sabe mendigar.

Un tímido fracaso es más noble que un éxito inmodesto.

Cava en cualquier parte de la tierra y hallarás un tesoro. Pero debes cavar con la fe del campesino.

Dijo una zorra a la que seguían veinte jinetes y una jauría de veinte perros: -Por supuesto, me alcanzarán y me matarán. Pero, ¡qué torpes son! Seguramente, no valdría la pena que veinte zorras, montadas en veinte asnos y acompañadas por veinte lobos, cazaran y mataran a un hombre.

Es la mente la que se pliega a las leyes que hemos hecho, pero nunca el espíritu que mora en nosotros.

Soy un viajero y navegante, y cada día descubro una nueva región de mi alma.

Una mujer protestó, diciendo:

-¡Por supuesto que fue una guerra justa! ¡Mi hijo cayó en ella!

Dije a la Vida: -Me gustaría oír hablar a la Muerte.
Y la Vida levantó la voz un poco más, y dijo: -La estás oyendo ahora mismo.

Cuando hayas resuelto todos los misterios de la vida, anhelarás la muerte, porque ésta no es sino otro misterio de la vida.

El nacimiento y la muerte son las más nobles expresiones de la osadía.

Amigo mío, tú y yo seguiremos siendo ajenos a la vida, y ajenos el uno al otro, y cada cual ajeno a sí mismo, hasta el día en que hables y yo te escuche, considerando que tu voz es mi propia voz. Y hasta el día en que yo esté de pie frente a ti y piense que estoy frente a un espejo.

Me dicen: -Si te conocieras a ti mismo, conocerías a todos los hombres.
Y yo digo: -Sólo cuando busque el conocimiento de todos los hombres, me conoceré a mí mismo.

El hombre es dos hombres: uno de ellos está despierto en la oscuridad, otro dormido en la luz.
Un ermitaño es aquel que renuncia al mundo de los fragmentos, para poder gozar del mundo, plenamente, y sin interrupción.

Hay un prado verde entre el sabio universitario y el poeta; si el sabio lo cruza, se convierte en verdadero sabio; si el poeta lo cruza, llega a ser profeta.

Ayer vi a unos filósofos en el mercado, que llevaban sus cabezas en cestos, y gritaban: -¡Sabiduría! ¡Se vende sabiduría!
¡Pobres filósofos! ¡Necesitan vender sus cabezas para poder alimentar sus corazones!

Dijo un filósofo a un barrendero: -Me inspiras lástima; tu trabajo es arduo y sucio.
Y el barrendero de calles le respondió: -Gracias, señor. Pero, decidme, ¿cuál es vuestro trabajo?
Y el filósofo le contestó: -Estudio la mente del hombre, sus actos y deseos.
El barrendero siguió con su trabajo y dijo, sonriendo: -También me inspiras lástima.

Aquél que escucha la verdad no es inferior al que dice la verdad.

Ningún hombre puede trazar la línea que separa lo necesario de lo superfluo. Solamente los ángeles pueden hacerlo, y los ángeles son sabios y pensativos.
Es posible que los ángeles sean nuestros mejores pensamientos, que vagan en el espacio.

El verdadero príncipe es aquel que encuentra su trono en el corazón del derviche.

La generosidad consiste en dar más de lo que puedes, y el orgullo, en tomar menos de lo que necesitas.

En verdad, no debes nada a ningún hombre en particular. Lo debes todo, a todos los hombres.

Todos los que han vivido en el pasado, viven ahora con nosotros. Y seguramente ninguno de nosotros sería un anfitrión poco atento...
Aquel que anhela más, vive más.

Me dicen: "Más vale pájaro en mano, que ciento volando".
Pero yo digo: "Un pájaro y un plumaje en vuelo, vale más que ciento en la mano".
Buscar *ese plumaje* en vuelo es buscar la vida con pies alados; es más, tal búsqueda es la vida misma.

Sólo hay dos elementos en la vida: la belleza y la verdad. Belleza, en los corazones de los amantes; verdad, en los brazos de los labradores.

La gran belleza me extasía, pero una belleza aún mayor me libera, incluso de mí mismo.

La belleza brilla más en el corazón del que anhela, que en los ojos de quien la contempla.

Admiro al hombre que me revela su mente; honro a quien me revela sus sueños. Pero, ¿por qué me siento cohibido y hasta un poco humillado, ante quien me sirve?

Los bien dotados, en otras épocas se enorgullecían de servir a los príncipes.
Ahora, consideran un honor servir a los pobres.

Los ángeles saben que muchísimos hombres prácticos se ganan el pan con el sudor de la frente del soñador.

El ingenio es, a menudo, una máscara. Si pudieras quitársela al ingenioso, descubrirías, o un genio irritado, o un talento juguetón.

El comprensivo me atribuye capacidad de comprensión y el hastiado me considera aburrido. Creo que ambos están en lo cierto.

Sólo quienes tienen secretos en sus corazones pueden adivinar los secretos de nuestros corazones.

Aquel que comparte tu placer, pero no comparte tu dolor, perderá la llave de una de las siete puertas del Paraíso.

Sí; hay un Nirvana; consiste en llevar tus ovejas a un verde pastizal, y en llevar a tu hijo a la cama, y en escribir la última línea de tu poema.

Elegimos nuestras alegrías y nuestras penas mucho antes de sentirlas.

La tristeza no es más que una pared entre dos jardines.

Cuando tu alegría o tu tristeza se vuelven grandes, el mundo se vuelve pequeño.

El deseo es la mitad de la vida; la indiferencia, la mitad de la muerte.

Lo más amargo de nuestra pena de hoy es el recuerdo de la alegría de ayer.

Me dicen: "Tienes que elegir entre los placeres de este mundo y la paz del otro mundo".
Y yo les digo: "He elegido, tanto los placeres de este mundo, como la paz del otro mundo. Porque sé en mi corazón que el Supremo Poeta no escribió sino un poema, de cadencia perfecta, y de rima perfecta".

La fe es un oasis en el corazón, al que nunca llegará la caravana del pensar.

Cuando llegues a lo más alto de ti mismo, sólo desearás por desear; y sólo tendrás hambre por el hambre misma; y tendrás sed de una sed mayor.

Si revelas tus secretos al viento, no debes culpar al viento por revelarlos a los árboles.

Las flores de la primavera son los sueños del invierno, narrados en la mesa del desayuno de los ángeles.

Un zorrillo dijo a un nardo:
-Mira cuán velozmente corro, mientras que tú no puedes caminar y ni siquiera arrastrarte.
Y contestó el nardo al zorrillo:
-¡Oh muy noble y veloz corredor, por favor, corred velozmente!

FIN

PENSAMIENTOS Y MEDITACIONES

(RELATOS BREVES)

EL RETORNO DEL AMADO

Al caer la noche el enemigo huyó con cortes de espada y heridas de lanza grabados en su espalda. Nuestros héroes hicieron ondear banderas de triunfo y entonaron cantos de victoria al ritmo de los cascos de sus caballos, que resonaban en; las piedras del valle. La luna ya se había levantado de atrás de Fam El Mizab. Las rocas, enormes y elevadas, parecían alzarse con el espíritu del pueblo, y el bosque de cedros semejaba una medalla de honor en el pecho del Líbano. Continuaron su marcha, y la luna brilló por encima de sus armas. Las lejanas cavernas resonaron repitiendo sus cánticos de alabanza y victoria hasta que, al pie de una cuesta, los detuvo el relincho de un caballo que se erguía entre las rocas grises como esculpido en ellas. En las cercanías del caballo encontraron un cuerpo, cuya sangre había manchado la tierra en que yacía. .Mostradme su espada y os diré quién es su dueño -gritó el jefe del escuadrón. Algunos soldados desmontaron y rodearon al muerto. Uno de ellos dijo al jefe:

-Sus dedos cogen la empuñadura con toda su

fuerza. Sería afrentoso quitarle la espada.

Otro dijo:

-La espada está cubierta por la sangre de la vida que huía y que ahora oculta su metal.

Un tercero agregó:

-La sangre coaguló tanto sobre la mano como sobre la empuñadura, e hizo de ellas una sola pieza.

El jefe, entonces, desmontó y caminó hacia el cuerpo.

-Levantad su cabeza -dijo-, y dejad que la luna ilumine su rostro, de modo que podamos saber quién es.

Los hombres hicieron lo ordenado y el rostro del muerto apareció detrás del Velo de la Muerte, con signos de valor y nobleza. Era el rostro de un poderoso caballero y trasuntaba virilidad. Era el rostro de alguien que había chocado valientemente contra el enemigo y se enfrentaba a la muerte sonriendo. El rostro de un héroe libanés que, ese día, había dado testimonio del triunfo pero no había vivido para marchar y cantar y celebrar la victoria con sus camaradas. Cuando sacaron el paño de seda de su pálido rostro y le limpiaron el polvo de la batalla, el jefe, como en agonía, gritó:

- ¡Es el hijo de Assaaby! ¡Qué terrible pérdida!

Y los hombres repitieron ese nombre, suspirando. El silencio, entonces, los cubrió, y sus corazones, embriagados por el néctar de la victoria, recuperaron la sobriedad, porque habían visto algo más grande que la gloria del triunfo en la pérdida de un héroe.

En esa escena de espanto se erguían como estatuas de mármol, y sus lenguas, tiesas, se encontraban mudas y sin voz. Esto es lo que la muerte hace con las almas de los héroes: llorar y lamentarse es cosa de mujeres, quejarse y gritar es propio de niños. Para el dolor de los hombres de armas lo único digno es el silencio, que atenaza el corazón con tanta fuerza como las garras del águila la garganta de su presa. Es ese silencio que se eleva por encima de las lágrimas y gemidos el que, en su majestad, agrega pavor y angustia a la desgracia, ese silencio que hace que el alma descienda de la cima de la montaña al abismo. Ese silencio que anuncia la llegada de la tempestad. Y cuando la tempestad no se hace presente es porque el silencio resulta más fuerte que ella. Quitaron entonces la ropa al joven héroe para ver dónde había clavado la muerte sus aceradas garras y en, su pecho aparecieron las heridas, como labios que hablaban en la serenidad de la noche proclamando la valentía de los hombres. El jefe se acercó al cuerpo y cayó de rodillas. Mirando mejor al guerrero muerto encontró un pañuelo bordado cofa hilos de oro atado en torno a su brazo y reconoció la mano que había hilado la seda, y los dedos que habían tejido su hebra. Lo guardó debajo de sus ropas y se apartó lentamente, ocultando con mano temblorosa su rostro agobiado. Hasta entonces esa mano había arrancado, con su fuerza, las cabezas del enemigo. Pero en ese momento temblaba porque había tocado el borde de un pañuelo atado por dedos amantes en torno del brazo de un héroe ya muerto, un héroe que volvería a ella sin vida, sobre las espaldas de sus camaradas. Mientras el espíritu del jefe fluctuaba analizando tanto la tiranía de la muerte cuanto los secretos del amor, uno delos hombres propuso:

-Cavemos una tumba debajo de aquel roble, para que las raíces puedan beber su sangre y las ramas reciban alimento de- sus despojos. Ganará en fuerza y se volverá inmortal; quedará como símbolo que proclame a montes y valles su valentía y su fuerza.

-Llevémoslo al bosque de cedros y sepultémoslo al lado de la iglesia -agregó otro- allí sus huesos estarán eternamente custodiados por la sombra de la cruz.

-Enterrémoslo aquí -dijo otro-, donde su sangre ya se ha mezclado con la tierra. Y dejemos que la espada permanezca en su diestra. Coloquemos su lanza a su lado y sacrifiquemos su caballo sobre la tumba. Y que sus armas sean su alegría en la soledad. Pero uno objetó:

-No enterremos una espada manchada con la sangre del enemigo ni sacrifiquemos un corcel que resistió a la muerte en el campo de batalla. No abandonemos en la soledad armas habituadas a la acción y a la fuerza: llevémosles a sus parientes como buena y grande herencia.

-Arrodillémonos a su lado y recemos las plegarias del Nazareno para que Dios quiera perdonarlo y bendecir nuestra victoria -dijo otro.

-Levantémoslo sobre nuestras espaldas en un féretro Formado por nuestros escudos y lanzas y recorramos otra vez este valle de nuestra victoria con él en andas para que los labios de sus heridas sonrían antes de verse envueltos por la tierra de la tumba -propuso un camarada.

Y otro:

-Montéenoslo en su corcel y, sosteniéndolo con las calaveras de los enemigos muertos y ciñéndoles su lanza, conduzcámoslo a la aldea como vencedor. No cedió a la muerte hasta después de cargarla con el peso de las almas de los enemigos.

-Vamos -dijo uno-, enterrémoslo al pie de esta montaña. El eco de las grutas será su acompañante y el murmullo del arroyo su trovador. Sus huesos deben reposar en el desierto, donde los pasos de la noche silenciosa son leves y suaves.

Otro objetó:

-No. No lo dejemos aquí, porque aquí habitan el tedio y la soledad. Llevémoslo al camposanto de la aldea. Los espíritus de nuestros antepasados lo acompañarán y hablarán con él en el silencio de la noche, y le narrarán las historias de sus guerras y las sagas de sus glorias.

El jefe caminó entonces hacia el centro y pidió silencio. Suspiró y dijo:

-No lo fastidiemos con historias de guerra ni repitamos a los oídos de su alma, que ronda por encima de nosotros, las narraciones de espadas y lanzas. Mejor llevémoslo tranquila y silenciosamente a su lugar de nacimiento, donde un alma amorosa espera su regreso al hogar... el alma de una doncella que espera su retorno del campo de batalla. Devolvámoslo para que no pierda la última mirada a su rostro y el último beso a su frente.

Así, lo cargaron sobre sus espaldas y marcharon en silencio, gachas las cabezas y caídos los ojos. Su caballo, apenado, se afanaba detrás de ellos arrastrando las riendas por el suelo y profiriendo, de tanto en tanto, un relincho desolado que retumbaba en las cavernas como si ellas tuviesen corazón y compartieran su tristeza. El cortejo triunfal marchó tras la cabalgata de la muerte por el espinoso sendero del valle, iluminado por la luna, y el espíritu del Amor señaló el camino arrastrando sus alas rotas.

UNIÓN

Cuando la noche embelleció el ropaje del cielo con las joyas de las estrellas, una hurí se remontó desde el valle del Nilo y revoloteó en el cielo con alas invisibles. Se sentó en un trono de niebla que colgaba entre el cielo y el mar, mientras delante de ella pasaba una multitud de ángeles que cantaban al unísono: "Gloria, gloria, gloria a la hija del Egipto, cuya grandeza llena el orbe." Entonces, en la cima de Fam El Mizab, circundada por el bosque de cedros, las manos de los serafines alzaron a una joven sombra, que se sentó en el trono al lado de la hurí. Los espíritus los rodearon cantando: "Gloria, gloria, gloria al joven del Líbano, cuya magnificencia llena los tiempos." Y cuando el novio tomó las manos de su amada y miró en sus ojos, las olas y el viento esparcieron su comunión por todo el universo: ¡Qué perfecto es tu esplendor, hija de Isis, y qué enorme mi adoración por ti! ¡Qué elegante eres entre los jóvenes, hijo de Astarté, cuán poderosamente te deseo! Mi amor es tan fuerte como tus pirámides, y el tiempo no podrá destruirlo. Mi amor es tan firme como tus Cedros Sagrados, y los elementos no podrán con él. Sabios de todas las naciones de oriente y occidente vienen a beber de tu sabiduría y a descifrar tus signos. Eruditos de todos los reinos del mundo vienen a embriagarse con el néctar de tu belleza y con la magia de tu voz. Tus palabras son fuentes de abundancia. Tus brazos son manantiales de agua pura y tu aliento una brisa refrescante. Los palacios y los templos del Nilo anuncian tu gloria y la Esfinge da fe de tu grandeza. Los cedros de tu pecho son como medallas de honor y las torres que te rodean son señal de tu valentía y fortaleza. ¡Qué dulce es tu amor, y qué maravillosa la esperanza que alientas! ¡Qué generoso compañero eres. Y qué esposo leal has mostrado ser. Qué sublimes son tus dones y tu sacrificio! Me enviaste jóvenes que eran como el. despertar después de un profundo sueño. Me diste hombres llenos de osadía para conquistar la debilidad de mi pueblo, humanistas para exaltarlo y genios que enriquecieran sus poderes. De las semillas que te envié hiciste brotar flores; de los renuevos, árboles. Porque tú eres una pradera virgen en la que crecen rosas y lirios y se levantan cipreses y cedros. Veo tristeza en tus ojos, amor mío, ¿acaso te apena estar a mi lado? Tengo hijos e hijas que emigraron al otro lado de los mares y me dejaron llorando y añorando su regreso. ¿Es que tienes miedo, hija del Nilo y preferida de todas las naciones? Temo que se me acerque un tirano de voz dulce que, luego, me domine con la fuerza de sus brazos. La vida de las naciones es, amor mío, como la vida de los individuos: se alegra con la esperanza y es una con el temor, la acosan los deseos y la angustia la desesperación. Los amantes se abrazaron y se besaron y de las copas del amor bebieron el fragante vino de los tiempos. Y el coro de ángeles cantó: "Gloria, gloria, gloria, la gloria del amor llena los cielos y la tierra."

MI ALMA ME HABLÓ

Mi alma me habló y me enseñó a amar lo que el pueblo aborrece y a proteger lo que denigra. Mi alma me mostró que el amor se enorgullece no sólo del ser que ama sino también del amado. Antes de que mi alma me hablara, en mi corazón el amor era como una delgada cuerda ajustada entre dos clavijas. Pero ahora el amor se ha transformado en un halo cuyo comienzo es su final y cuyo final es su comienzo. Rodea a todos los seres y se difunde lentamente hasta abrazar todo lo que existe. Mi alma me advirtió y me hizo percibir la belleza oculta de la piel, la forma y el matiz. Me enseñó a meditar sobre lo que la gente llama feo hasta que aparece su verdadero encanto y deleite. Antes de que mi alma me aconsejara, para mí la belleza era una antorcha temblorosa entre columnas de humo. Ahora que se desvaneció el humo no veo sino la llama. Mi alma me habló y me hizo oír voces que no pronuncian la lengua, la laringe ni los labios. Antes de que mi alma me hablara yo no oía más que gritos y gemidos. Pero ahora, ansiosamente, puedo oír el silencio y escucho sus coros cantando los himnos de los tiempos y los cánticos del firmamento, que anuncian los secretos de lo oculto. Mi alma me habló y me enseñó a beber el vino que no procede de lagares ni puede escanciarse de copas que puedan levantar las manos ni tocar los labios. Antes de que mi alma me hablara, mi sed era como una chispa confusa escondida bajo las cenizas que pueda apagar un sorbo de agua. Mi alma me habló y me enseñó a tocar lo que aún no se ha encarnado; ella reveló que todo lo que tocamos es parte de nuestro deseo. Pero ahora mis dedos se transformaron en bruma que penetra en lo que se ve del universo y se confunde con lo invisible. Mi alma me enseñó a aspirar el perfume que no emiten el mirto ni el incienso. Antes de que mi alma me hablara yo deseaba aspirar la fragancia del perfume en los jardines, en los frascos o en los incensarios. Pero ahora puedo gustar del incienso que no se quema como ofrenda en sacrificio. Y lleno mi corazón con una fragancia que ninguna brisa condujo a través del espacio. Mi alma me habló y me enseñó a decir "Estoy listo" cuando lo desconocido y el peligro me llaman. Antes de que mi alma me hablara yo no respondía a ninguna voz, salvo a la del pregonero que conocía, y sólo caminaba por el sendero cómodo y fácil. Ahora lo desconocido es un corcel que puedo montar para conocerlo, y la llanura se volvió escalera y por sus peldaños trepó a la cima. Mi alma me habló y me dijo: "No midas el tiempo diciendo: Hubo un ayer y habrá un mañana." Antes de que mi alma me hablara creía que el pasado era una época que nunca volvería y que el futuro nunca podía ser alcanzado. Ahora me doy cuenta de que el presente contiene a todo tiempo y que en él se encuentra todo lo que puede esperarse, todo lo realizado y todo lo cumplido. Mi alma me habló exhortándome a no limitar el espacio diciendo: "Aquí, allí, allá." Antes de que mi alma me hablara yo sentía que por cualquier parte que caminaba estaba lejos de todo otro espacio. Ahora comprendo que en cualquier lugar que esté se encuentran todos los lugares y que la distancia que camino abarca todas las distancias. Mi alma me enseñó a estar despierto mientras otros duermen y a entregarme al sueño cuando otros están en movimiento. Antes de que mi alma me hablara yo no distinguía sus sueños al dormirse ni ellos advertían mis fantasías. Ahora yo nunca zarpo en el buque de mis sueños a menos que ellos me vigilen, y ellos nunca se remontan por el cielo de sus fantasías a menos que yo las comparta en su libertad. Mi alma me habló y dijo: "No te alegres con el elogio y no te angusties con el reproche." Antes de que mi alma me aconsejara yo dudaba del mérito de mi trabajo. Ahora me doy cuenta de que los árboles florecen en primavera y dan sus frutos en verano sin esperar elogio, y dejan caer sus hojas en otoño y quedan desnudos en invierno sin temor al reproche. Mi alma me habló y me hizo ver que no soy más que el enano ni menos que el gigante. Antes de que mi alma me hablara yo veía a la humanidad dividida en dos clases de hombres: una débil, de la que me compadecía, y una fuerte, a la que seguía o resistía desafiante. Pero ahora aprendí que soy como ambos y estoy hecho de los mismos elementos. Mi origen es su origen, mi conciencia es su conciencia, mi pretensión su pretensión y mi peregrinaje su peregrinaje. Mi alma me habló y me dijo: la linterna que llevas no es tuya y la canción que cantas no fue compuesta en lo profundo de tu corazón, porque aunque sostengas la luz no eres la luz, y aunque seas un laúd con las cuerdas tensas no eres el ejecutante. Mi alma me habló, hermana, y me enseñó muchas cosas. Y tu alma también te ha hablado y también te ha enseñado. Porque tú y yo somos uno y no hay diferencia entre nosotros, salvo que yo haya proclamado lo que hay en mi ser íntimo, mientras tú lo guardas como un secreto de tu intimidad. Pero en tu reserva hay una especie de virtud.

VISIÓN

Cuando llegó la Noche y el Sueño desplegó su manto sobre la faz de la Tierra, abandoné mi lecho y caminé hacia el mar diciendo: "El mar nunca duerme, y en su vigilia hay consuelo para el alma despierta." Cuando llegué a la playa, la bruma de las montañas había cubierto la región como un velo que adorna el rostro de una joven. Miré las múltiples olas y escuché la plegaria de Dios; medité entonces sobre el poder eterno que ellas encierran, ese poder que se despliega con la tempestad, crece con el volcán, sonríe a través de los labios de las rosas y canta con los arroyos. Entonces, sentados en una roca, vi tres espectros. Avancé a los tumbos, como si algún poder me empujara contra mi voluntad. Me detuve a pocos pasos de ellos, como dominado aún por una fuerza mágica. Uno de los espectros se levantó en ese momento y, con una voz que parecía surgir del fondo del mar, dijo:

-La vida sin Amor es como un árbol sin flores ni frutos. Y el Amor sin Belleza es como una flor sin perfume o un fruto sin semilla... La Vida, el Amor y la Belleza son tres personas en una, que no pueden separarse ni cambiar.

Un segundo espectro, con voz, rugiente como agua torrentosa, dijo:

-La Vida sin Rebelión es como las estaciones sin primavera. Y la Rebelión sin justicia es como la primavera en un desierto árido... Vida, Rebelión y Justicia son una sola y no pueden cambiarse ni separarse.

El tercer espectro habló entonces con voz sonora como el resonar del trueno:

-La Vida sin Libertad es como un cuerpo sin alma, y la Libertad sin Reflexionar es como un espíritu confuso... Vida, Libertad y Reflexión son una sola y eterna y no pasan.

Luego los tres espectros se levantaron y con voz tremenda dijeron:

Lo que engendra el Amor; Lo que crea la Rebelión, Lo que exalta la Libertar; Son tres manifestaciones de Dios, Y Dios es la expresión de la inteligencia del Universo.

El susurro de alas invisibles y el temblor de cuerpos etéreos se mezcló entonces con el Silencio que prevaleció y se enseñoreó. Cerré mis ojos y escuché el eco de lo que acababa de oír; cuando volví a abrirlos sólo vi el mar envuelto en niebla. Me acerqué a la roca en la que se habían sentado los tres espectros y encontré solamente un hilo de humo de incienso que trepaba hacia el cielo.

COMUNIÓN DE ESPÍRITUS

¡Despierta, amor, despierta!, que mi espíritu te saluda desde el otro lado del mar y te ofrece sus alas por encima de las olas furiosas. Despierta, que el silencio suspendió el estruendo de las pezuñas de los caballos y de las pisadas de los caminantes. El sueño abrazó los espíritus de los hombres, pero yo, sólo yo, permanezco despierto: el deseo me redime del sueño que todo lo envuelve. El amor acerca a ti, pero, entonces, me aleja la ansiedad. Amor mío, abandoné mi lecho atemorizado por el fantasma del olvido que se esconde entre las mantas. ¡Dejé de lado mi libro porque mis visiones acallaban las palabras y volvían blancas las páginas, para mis ojos! Despierta. Despierta, amor mío y escúchame. ¡Te oigo, amor! Oigo tu llamado del otro lado del mar y siento el dulce contacto de tus alas. Abandoné mi cama y caminé por el pasto, y el rocío de la noche mojó mis pies y el borde de mi vestido. Aquí estoy, bajo las flores del almendro, escuchando el llamado de tu espíritu. Háblame, amor, y deja que tu hálito cabalgue sobre la brisa que me llega de los valles del Líbano. Habla, sólo yo escucho; la noche retiene en sus alcobas a todos los demás. Amor mío, el cielo tejió un velo de luz de luna y lo desplegó sobre el Líbano. Con las sombras de la noche el cielo formó un grueso telón, forrado con el humo de los talleres y el soplo de la Muerte y lo colocó, amor mío, sobre la ciudad. Los aldeanos se han dormido en sus chozas, rodeadas de sauces y nogales, sus espíritus, mi amor, ya partieron para la tierra de los sueños. Los hombres se inclinan bajo el peso del oro y el empinado de hierba afloja sus rodillas. La inquietud y el aburrimiento oprime sus ojos, y los fantasmas del Miedo y la Desesperación los llevan a refugiarse en sus camas. Los fantasmas de edades pasadas caminan por los valles y los espíritus de reyes y profetas rondan por montes y colinas. Mis visiones, guiadas por la memoria, me muestran el poder de los caldeos, el esplendor de los asirios y la nobleza de los árabes. Por las siniestras callejuelas pasan los espíritus torvos de los ladrones; en las grietas de los muros aparecen las víboras de la lujuria, y el escalofrío de la enfermedad, mezclado con la agonía de la Muerte, se estremece por las calles. La memoria arrancó el velo del olvido de mis ojos y me muestran las abominaciones de Sodoma y los pecados de Gomorra. Amor mío, las ramas se, inclinan y su crujido se une al murmullo del arroyo en el valle, repitiendo para nuestros oídos los cánticos de Salomón, las melodías del arpa de David y los cantos de Ishak alMausili. Tiemblan las almas de los niños hambrientos en sus casas; la visión de las madres acunando lechos de miseria y desesperación ya llegó al cielo. Sueños de ansiedad afligen los corazones de los enfermizos. Oigo sus amargos lamentos. La fragancia de las flores se mezcló con el punzante hálito de los cedros. Transportada ponla brisa juguetona por encima de las colinas, llena el alma con afecto e inspira ansias, de volar. Pero también surgen los miasmas enfermos de los pantanos y, como agudas flechas secretas, penetran los sentidos y emponzoñan el aire. Amor mío, ya llegó la mañana y los dulces dedos de la vigilia acarician los ojos de los soñadores. Los rayos de luz llaman a abrir las persianas y descubrir la determinación y gloria de la vida. Las aldeas, que se recuestan, pacíficas y tranquilas, sobre las espaldas del valle, despiertan de su sueño; las campanas de las iglesias llenan el aire con sus placenteros llamados a la plegaria matutina. Y desde las cuevas el repiqueteo se repite en eco, como si toda la Naturaleza se uniera en plegaria reverente. Los terneros ya abandonaron sus establos y las ovejas y las cabras sus cobertizos, para pacer en la hierba resplandeciente por el rocío. Los pastores les preceden, tocando su caramillo, y detrás van las doncellas, cantando como pájaros que saludan el nuevo día. Y ahora la pesada mano del día se ha asentado sobre la ciudad. Ya se han corrido las cortinas de las ventanas, y las puertas están abiertas. En los talleres asoman los ojos fatigados y los rostros ojerosos de los trabajadores. Sienten que la muerte se inmiscuye en sus vidas, y en sus semblantes arrugados aparecen el Temor y la Desesperación. Almas anhelantes y apuradas congestionan las calles, y por todas partes se oye el repiqueteo del hierro, el rechinar de las ruedas y el silbido del vapor. La ciudad se ha vuelto un campo de batalla, en el que el fuerte domina al débil y el rico explota y tiraniza al pobre. Qué hermosa es la vida, amor mío; es como el corazón del poeta, lleno de luz y ternura. "Y qué cruel es la vida, amor mío; es como el corazón de un criminal, palpitante de vicio y temor.

BAJO EL SOL

Contemplé todas las obras que se hacen bajó el sol, y he aquí que todas ellas son vanidad y aflicción del espíritu.

Eclesiastés. ¡Oh espíritu de Salomón, que rondas por el reino etéreo! Tú, que desechaste los harapos de la materia y dejaste detrás de ti esas palabras que, nacidas de la debilidad y la miseria, desalientan a quienes aún son prisioneros de sus cuerpos. Tú sabes que esta vida tiene un sentido que la Muerte no oculta. Pero ¿cómo puede acceder la humanidad a un conocimiento que sólo se logra cuando el alma se libera de las ataduras? Ahora comprendes que la vida no es una aflicción del espíritu, que no todo lo que se hace bajo el sol es vanidad, que de algún modo todo se dirigió siempre y siempre se dirigirá hacia la Verdad. Nosotros, miserables criaturas aceptamos tu decir terrenal como palabras de gran sabiduría. Sin embargo son puertas que oscurecen la mente y anulan la esperanza. Ahora comprendes que la ignorancia, la maldad y el despotismo tienen sus causas y que la Belleza es revelación de la sabiduría, producto de la virtud y fruto de la justicia. Ahora sabes que el dolor y la pobreza purifican el corazón del hombre; aunque nuestras débiles voluntades no. ven en el universo nada de más valor que el ocio y la felicidad. Ahora puedes ver que el espíritu avanza hacia la luz a pesar de las privaciones terrenas. Sin embargo repetimos tus palabras, que enseñan que un hombre no es más que un juguete en manos de lo desconocido. Te has lamentado de haber sembrado en nuestros corazones desaliento frente a la vida en el mundo y temor frente a la vida en el más allá. 'Sin embargo, seguimos prestando oídos a tus palabras mundanas. ¡Oh espíritu de Salomón, que ahora habitas la Eternidad! Manifiéstate a los amantes de la sabiduría y enséñales a no transitar el sendero de la herejía y la miseria. Quizás sirva como reparación por un error no intencional.

UNA MIRADA AL FUTURO

Desde atrás del muro del Presente oí los himnos de la humanidad. Oí el sonido de las campanas que anunciaban el comienzo de la plegaria en el templo de la Belleza. Campanas moldeadas con el metal de la emoción y suspendidas sobre el altar sagrado, el corazón humano. Desde atrás del Futuro vi multitudes que cumplían con su culto en el seno de la Naturaleza, sus rostros vueltos al Oriente, esperando la inundación de la luz de la mañana, la mañana de la Verdad. Vi la ciudad en ruinas y que nada quedaba para hablar al hombre de la derrota de la Ignorancia y del tiempo de la Luz. Vi a los ancianos sentados a la sombra de los cipreses y de los sauces, rodeados por jóvenes que oían sus narraciones de otros tiempos. Vi a los jóvenes rasgueando sus guitarras y tocando sus caramillos, y a las doncellas bailando bajo los jazmines, con las trenzas al viento. Vi a los hombres cosechando trigo y a sus esposas reuniendo las gavillas y cantando alegres canciones. Vi a una mujer que se adornaba con una corona de lilas. Vi que la amistad entre el hombre y todas las criaturas se estrechaba, y familias de pájaros y mariposas, confiadas y seguras, que volaban hacia los arroyos. Vi que no había pobreza; tampoco encontré exceso. Vi que la fraternidad y la igualdad reinaban entre los hombres. Vi que no había médicos, porque cada uno tenía los medios y el conocimiento para curarse a sí mismo. Encontré que no había sacerdotes, porque la conciencia había llegado a ser el Supremo Sacerdote. Tampoco vi abogados, porque la Naturaleza había tomado el lugar de los tribunales y regían tratados de amistad y unión. Vi que el hombre sabía que él es la piedra fundamental de la creación y que se ha elevado por encima de la pequeñez y bajeza y ha arrancado el velo de la confusión de los ojos del alma. Este alma ahora lee lo que las nubes escriben en el cielo y lo que la brisa dibuja sobre la superficie del agua; ahora entiende el significado del perfume de las flores y las modulaciones del ruiseñor. Desde atrás del muro del Presente, sobre la plataforma de las edades venideras, vi a la Belleza como a una novia y al Espíritu como a un novio; la Vida era la Noche ceremonial del Kedre.

LA DIOSA DE LA FANTASIA

Y después de un fatigoso viaje, llegué a las ruinas de Palmira. Exhausto, caí sobre la hierba que crecía entre las columnas rotas y arrasadas por el tiempo, semejantes a restos abandonados por ejércitos invasores. Al caer la tarde, cuando el oscuro manto de silencio abrazaba a todas las criaturas, sentí un extraño perfume en el aire, tan fragante como el incienso y tan embriagador como el vino. Mi espíritu se abrió para libar ese néctar etéreo. Pareció entonces que una pesada mano presionaba mis sentidos: mis párpados pesaron mientras mi espíritu se sentía libre de sus cadenas. Entonces la tierra tambaleó a mis pies, el cielo tembló encima de mí y me vi levantado como por un poder mágico. Me encontré entonces en una pradera como nadie nunca había imaginado, en medio de una multitud de vírgenes que no usaban otros vestidos que la belleza que Dios les había dado. Caminaron alrededor de mí, pero sus pies no tocaban la hierba. Cantaron himnos que expresaban sueños de amor. Cada doncella tocaba un laúd de marfil con cuerdas de oro. Me encontré en un gran claro en cuyo centro se hallaba un trono tachonado con piedras preciosas e iluminado por los rayos del arco iris. A sus lados había doncellas que levantaban sus voces mientras miraban hacia el sitio de dónde provenía un perfume de mirra e incienso. Los árboles estaban en flor y, de entre sus ramas, cargadas de capullos, apareció una reina que caminó majestuosamente hacia el trono. Al sentarse, una bandada de palomas blancas como la nieve descendió y se ubicó en torno de sus pies, formando una medialuna, mientras las doncellas cantaban himnos de gloria. Y yo permanecí mirando lo que los ojos de ningún hombre habían visto. Entonces la reina hizo una señal que movió a silencio. Con voz que provocó en mi espíritu un estremecimiento similar al de las cuerdas del laús en manos de un músico, dijo:

-Hombre, te he llamado porque soy la Diosa de la Fantasía. Te he concedido el honor de presentarte ante mí, la Reina de las praderas de los sueños. Escucha mis órdenes, porque te designo para que las prediques a toda la raza humana: explica a los hombres que la ciudad de los sueños es una fiesta de casamiento a cuya puerta se halla de guardia un poderoso gigante. Nadie puede entrar si no usa ropas de casamiento. Haz saber que esta ciudad es un paraíso cuyo centinela es el ángel del Amor; ningún ser humano puede entrar si no lleva inscripto en la frente el signo del Amor. Descríbeles estos hermosos campos, cuyos ríos fluyen con néctar y vino, cuyos pájaros navegan por los cielos y cantan con los ángeles. Describe el perfume aromático de sus flores y comunica que sólo el Hijo del Sueño puede pisar su muelle pasto. "Haz saber que di al hombre una copa de alegría, pero que él, en su ignorancia, la derramó. Entonces los ángeles de la Oscuridad penaron la copa con el brebaje de la aflicción, que el hombre bebió hasta embriagarse. "Di que nadie puede tocar la lira de la Vida a menos que yo haya bendecido sus dedos y que la visión de mi trono haya santificado sus ojos. "Isaías escribió palabras sabias como collar de piedras preciosas. Montado en la cadena de oro de mi amor. San Juan refirió su visión en mi nombre y Dante pudo explorar el puerto de las almas sólo con mi guía. Soy una metáfora que abarca la realidad y soy la realidad que revela la unidad del espíritu y un testigo que confirma los hechos de los dioses. "En verdad te digo que las ideas tienen una morada superior al mundo visible y que en sus cielos no navegan las nubes de fa sensualidad. La imaginación se abre camino al reino de los dioses, donde el hombre puede vislumbrar lo que hay después de la liberación del alma del mundo de la sustancia. Y la diosa de la Fantasía me atrajo hacia ella con su mágica mirada, imprimió un beso sobre mis labios ardientes y dijo:

-Proclama que quien no pasa sus días en el reino de los sueños es esclavo de los días.

Luego las voces de las vírgenes se alzaron nuevamente y la columna de incienso ascendió. Entonces la tierra comenzó a tambalear nuevamente y el, cielo tembló y súbitamente me encontré otra vez entre las tristes ruinas de Palmira. El amanecer, sonriente, ya se había hecho presente, y entre mi lengua y mis labios se hallaban las palabras "Quien no pasa sus días en el reino de los sueños es esclavo de los días."

HISTORIA Y NACIÓN

A orillas de un arroyo que serpenteaba entre las rocas, al pie del Monte Líbano, se sentó una pastora, rodeada por su rebaño de ovejas flacas que pacían la hierba' seca. Miró hacia el crepúsculo distante como si el futuro estuviera pasando por delante de ella; las lágrimas habían enjoyado sus ojos como gotas de rocío que adornan las flores. La pena le había entreabierto los labios para penetrar en ella y ocupar su corazón suspirante. Después de la puesta del sol, cuando lomas y sierras se ocultaban entre las sombras, la Historia se plantó ante la doncella. Era un anciano cuyo cabello blanco caía como nieve sobre su pecho y sus hombros y en su mano derecha llevaba una hoz afilada. Con voz rugiente como el mar dijo:

-La paz sea contigo, Siria.

La doncella se levantó, temblando temerosa, y preguntó:

-¿Qué quieres de mí, Historia?-Señaló entonces a sus ovejas y dijo:-Esto es lo que queda de un saludable rebaño que una vez llenó este valle. Esto es todo lo que tu codicia me dejó. ¿Ahora has venido a saciar tu gula en ello? "Tus pies atropelladores pisotearon estas tierras que una vez fueron tan fértiles hasta reducirlas a polvo estéril. Mis ovejas, que antes pacían flores y producían leche abundante, roen ahora cardos que las dejan flacas y secas. "Ten temor de Dios, Historia, y no me aflijas más. Tu sola presencia me ha llevado a detestar la vida y la crueldad de tu hoz me hizo amar a la Muerte. "Deja que en mi soledad apure la copa de la amargura, mi mejor vino. Vete, Historia, al Occidente, donde se celebra la fiesta de matrimonio de la vida. Deja que aquí lamente el desamparo en que me has dejado.

Escondiendo la hoz entre los pliegues de su vestidura, la Historia la miró como un padre amante a su hijo y dijo:

-Oh Siria, lo que he tomado de ti eran mis propios dones. Debes saber que las naciones hermanas tienen derecho a parte de la gloria que era tuya. Debo darles lo que te di. Tu condición es como la de Egipto, Persia o Grecia, porque todas ellas tienen rebaños flacos y pastos secos. Oh Siria,, lo que llamas degradación es un sueño indispensable del que sacarás fuerzas. La flor vuelve a la vida a través de la muerte y el amor no florece sino después de la separación.

El anciano se acercó a la doncella, le extendió la mano y dijo:

-Estrecha mi mano, Hija de los Profetas.

Y ella estrechó su mano y lo miró desde atrás de un velo de lágrimas y dijo:

-Adiós, Historia, adiós.

-Hasta que nos volvamos a encontrar, Siria -respondió él-, hasta que nos volvamos a encontrar.

Y el anciano desapareció como repentino relámpago, y la pastora llamó a sus ovejas y retomó su camino diciendo para sí misma: "¿Habrá realmente otro encuentro?"

EL ANIMAL SILENCIOSO

En la mirada del animal silencioso hay un discurso que sólo el alma del sabio puede comprender verdaderamente.

Un poeta indio. En el crepúsculo de un hermoso día, cuando la fantasía se apodera de mi mente, pasé por el borde de la ciudad y me detuve ante las ruinas de una casa abandonada, de la que sólo quedaban las piedras. Entre las ruinas vi un perro que yacía sobre suciedad y cenizas. Su piel estaba cubierta de úlceras y la enfermedad atormentaba su cuerpo débil. Sus ojos tristes miraban una y otra vez al sol poniente y expresaban humillación, desesperanza y miseria. Me acerqué a él con el deseo de saber el lenguaje animal para que mi compasión pudiera consolarlo. Pero solo logré aterrorizarlo, e intentó levantarse sobre sus patas paralizadas. Cayéndose, me echó una mirada en la que se mezclaba la ira impotente con la súplica. En esa mirada había un discurso más lúcido que el del hombre y más conmovedor que las lágrimas de la mujer. Esto es lo que entendí que decía:

-Hombre, sufrí la enfermedad que causó tu brutalidad y persecución. "Huí de tú pie rudo y me refugié aquí, porque el polvo y las cenizas son más dulces que el corazón del hombre y estas ruinas menos tristes que su alma. Vete, intruso del mundo del desgobierno y la injusticia. "Soy una miserable criatura que sirvió al hijo de Adán con fe y lealtad. Era el más fiel compañero del hombre; lo cuidaba noche y día. Me afligía en su ausencia y lo recibía con alegría a su regreso. Me contentaba con las migajas que caían de su mesa y me alegraba con los huesos que sus dientes habían despojado de carne. Pero cuando me volví viejo y enfermo, me sacó de su hogar y me abandonó a los despiadados jóvenes de las callejuelas. "Oh hijo de Adán, veo el paralelismo que existe entre mi caso y el de tus prójimos imposibilitados por la edad. Hay soldados que lucharon por su país cuando estaban en la flor de la vida y que luego labraron su suelo. Pero ahora que ha llegado el invierno de sus vidas y ya no son útiles se ven desechados. "También veo un parecido entre mi suerte y la de una mujer que, en los días dé su adorable juventud, alegró el corazón de un joven y que después, como madre, dedicó su vida a sus hijos. Pero ahora, ya anciana, es ignorada y eludida ¡Qué tiránico eres, hijo de Adán. Y qué cruel! Así habló el silencioso animal, y mi corazón lo comprendió

POETAS Y POEMAS

Si mis hermanos los poetas se hubieran imaginado que los collares de versos que compusieron y que las estrofas que formaron y reunieron algún día serían riendas para contener el talento, habrían roto sus manuscritos. Si Al-Mutanabbi el profeta, hubiera profetizado y Al Fard , el vidente, hubiera previsto que lo que ellos habían escrito llegaría a ser fuente donde beben quienes no tienen nada que decir y guía forzada para nuestros poetas de hoy, habrían derramado su tinta en el pozo del Olvido y habrían roto sus plumas con manos negligentes. Si los espíritus de Homero, Virgilio, Al-Maary y Milton hubieran sabido que la poesía se convertiría en el perrito faldero del rico, habrían renegado de un mundo en el que eso pudiera ocurrir. Me aflige oír el lenguaje de los espíritus bastardeado por la lengua de los ignorantes. Cuando veo que el vino de las musas se derrama por la pluma de los pretensiosos siento que mi alma desfallece. Tampoco me encuentro aislado en el valle del Resentimiento, porque soy sólo uno de los muchos que ven que la rana se hincha para imitar al búfalo. La poesía, queridos amigos, es la encarnación sagrada de una sonrisa. La poesía es un suspiro que seca las lágrimas. La poesía es un espíritu que mora en el alma; su alimento es el corazón y su vino el afecto. La poesía que no se presenta así es un falso mesías. ¡Oh espíritus de los poetas, que veláis por nosotros desde el cielo de la Eternidad!, nos dirigimos a los altares que habéis adornado con las perlas de vuestros pensamientos y las gemas de vuestras almas porque estamos oprimidos por el repiqueteo del acero y el estruendo de las fábricas. Por eso nuestros poemas son tan pesados como trenes de carga y tan fastidiosos como silbatos de locomotoras. Y vosotros, verdaderos poetas, olvidadnos. Pertenecemos al Nuevo Mundo, en el que los hombres corren tras de bienes terrenos y en el que, hoy, la poesía también es una mercancía y no un hálito de inmortalidad.

ENTRE LAS RUINAS

La luna desplegó su diáfano velo sobre los Jardines de la Ciudad del Sol y el silencio cubrió a todos los seres. Los palacios derrumbados miraban amenazadoramente, como monstruos despectivos. A esa hora dos fantasmas, como vapor que emerge de las aguas del lago, se sentaron sobre una columna de mármol, examinando la escena, que parecía mágica. Uno de ellos levantó la cabeza y, con una voz que retumbó en ecos, dijo:

-Estos son los restos de los templos que construí para ti, mi amor, y estas las piedras de un palacio que levanté para tu alegría. No queda nada más que hable a las-naciones de la gloria a la que dediqué mi vida y de la pompa por la que exploté al débil. "Amor mío, piensa y reflexiona acerca de los hechos que finalmente vencieron sobre mi ciudad y en torno del Tiempo que destruyó mis esfuerzos. "El olvido ya borró el imperio que establecí: de él sólo quedan los átomos de amor que creó tu belleza y los efectos de la belleza que animó tu amor. "Erigí un templo en Jerusalén; los sacerdotes lo santificaron, pero el tiempo lo destruyó. Sin embargo, Dios consagró el altar que, para el amor, construí en mi corazón; allí se mantiene a salvo de los poderes de la destrucción. "Los hombres dijeron de mí: 'Qué rey sabio'; los ángeles, en cambio: 'Qué insignificante es su sabiduría.' Pero los ángeles se alegraron cuando te encontré, amor mío, y cantaron para ti el cántico de Amor y deseo; sin embargo, los hombres no oyeron mi himno...

"Los días de mi reino eran barrera que impedía que comprendieran al Amor y la belleza de la vida, pero cuando te vi. Despertó el Amor y derribó esas barreras; entonces lamenté la vida que había perdido pensando que todo lo que existía bajo el sol era vanidad. "Cuando el Amor me iluminó, me volví humilde, tanto ante las tribus que habían temido mi poder militar como ante mi propio pueblo. "Pero cuando llegó la muerte, enterró mis armas mortíferas en la tierra y condujo mi amor hacia Dios.

Y el otro fantasma dijo:

-Tal como la flor adquiere vida y perfume aromático che la tierra, el alma saca sabiduría y fuerza de la debilidad y los errores de la materia.

Entonces, ambos, fundidos en uno, se fueron diciendo:

La Eternidad sóla salva al Amor, Porque el Amor es como la Eternidad.

A LA PUERTA DEL TEMPLO

Para hablar del Amor purifiqué mis labios con el fuego sagrado, pero no pude encontrar palabras adecuadas. Cuando conocí el amor, las palabras se diluyeron en un lánguido jadeo y el canto de mi corazón en un profundo silencio. ¡Oh vosotros que me habéis preguntado acerca del Amor, vosotros, a los que persuadí de sus misterios y maravillas, ahora, desde que el Amor me envolvió con su velo, tengo que preguntaros sobre el rumbo del Amor y su mérito. ¿Quién puede responder a mis preguntas? Pregunto sobre lo que hay en mi interior: quiero enterarme por mí mismo. ¿Quién de vosotros puede revelarme a mí mismo mi yo más profundo, mi alma a mi alma? Decidme, por el amor de Dios, qué es la llama que arde en mi corazón devorando mis fuerzas y anulando mi voluntad. ¿Qué son esas suaves y ásperas manos escondidas que aprietan mi alma; qué es ese vino que, mezcla de felicidad y dulce pena, baña mi corazón? ¿Qué son esas alas que rondan mi almohada en el silencio de la noche, manteniéndome despierto mirando nadie sabe a qué? ¿Qué es ese algo invisible en el que clavo la mirada, qué ese algo incomprensible que rumio, qué el sentimiento que no puede ser percibido? En mis visiones hay un sentimiento más hermoso que el eco dula risa y más arrobador que la felicidad. ¿Por qué me rindo a un poder desconocido que me mata y me vuelve a la vida hasta que apunta la aurora y llena mi habitación con su luz? Los fantasmas de la vigilia tiemblan entre mis párpados secos y las sombras de los sueños rondan mi duro lecho. ¿Qué es lo que llamamos Amor? Decidme, ¿qué es ese secreto escondido en el tiempo que afecta todos los sentidos? ¿Qué es ese sentido que aparece a la vez como origen y resultado de todo? ¿Qué es esta vigilia que de la vida y la muerte hace un sueño más extraño que la vida y más grave que la muerte? Decidme, amigos, ¿alguno de vosotros no despertaría del sueño de la Vida si el Amor tocara su alma con la punta de su dedo? ¿Quién de vosotros no abandonaría padre y madre al llamado de la doncella amada de su corazón? ¿Quién de vosotros no navegaría mares distantes, cruzaría desiertos y treparía el pico más alto para encontrarse con la mujer que su alma eligió? ¿Qué alma juvenil no seguiría hasta el fin del mundo a la doncella que con su hálito aromático, su dulce voz y manos mágicamente suaves enajenó su alma? ¿Qué ser no quemaría su corazón como incienso ante un dios que escucha sus súplicas y accede a sus plegarias? Ayer me detuve a la puerta del templo e interrogué a quienes pasaban sobre el misterio y el mérito del Amor. Y por delante de mí pasó un anciano de rostro delgado y melancólico que suspiró y dijo:

-El amor es una debilidad natural que nos legó el primer hombre.

Pero un joven viril replicó:

-El amor une nuestro presente con el pasado y el futuro. Entonces una mujer de cara trágica agregó:

-El amor es un veneno mortífero que inyectan víboras negras que se arrastran desde las cuevas del infierno. El veneno parece fresco como el rocío y el alma sedienta lo bebe anhelante; después de una pasajera embriaguez, el bebedor enferma y muere una muerte lenta.

Luego, una jovencita de mejillas rosadas dijo sonriendo:

-El amor es el vino que sirven las novias del amanecer: fortifica las almas fuertes y les permite ascender a las estrellas. Después de ella, un hombre vestido de negro y con barba, frunciendo el ceño arguyó:

-El amor es la ciega ignorancia con la que comienza y termina la juventud.

Otro, sonriendo, declaró:

-El amor es un conocimiento divino que permite que el hombre vea tanto como los dioses.

Tanteando el camino con su bastón, un ciego dijo entonces:

-El amor es una niebla enceguecedora que impide que el alma perciba el secreto de la existencia, de modo que el corazón sólo ve fantasmas temblorosos de deseo entre los cerros y sólo oye ecos de gritos en los valles mudos.

Un joven, tocando su viola, cantó:

-El amor es un rayo mágico que emite el núcleo ardiente del alma y que ilumina la tierra circundante. Hace que percibamos la vida como un hermoso sueño entre un despertar y otro.

Y un anciano enfermizo, que arrastraba sus pies como andrajos, dijo temblorosamente:

-El amor es el descanso del cuerpo en el silencio de la tumba, la tranquilidad del alma en el abismo de la Eternidad. Después dé él, un niño de cinco años afirmó riendo:

-El amor es mi papá y mi mamá y nadie conoce el amor más que mi papá y mi mamá.

Y así cada uno de los que pasó dio del Amor la imagen de sus esperanzas y frustraciones, dejándolo en el misterio como antes.

Entonces oí una voz en el interior del templo:

-La vida está dividida en dos mitades, una helada, la otra ardiente.; la mitad ardiente es el Amor.

Luego entré al templo, me arrodillé y alegrándome, recé:

Haz de mí, oh Dios, comida. Para la llama inflamada... Haz de mí, oh Señor, alimento. Para el fuego sagrado... Amén.

NARCÓTICOS Y ESCALPELOS

"Es inmoderado y fanático hasta la locura. Aunque es un idealista, su finalidad literaria consiste en envenenar la mente de los jóvenes... Si hombres y mujeres siguieran los consejos de Gibran sobre el matrimonio, se romperían los lazos familiares, la sociedad sucumbiría y el mundo se volvería un infierno poblado de diablos y demonios. "Su estilo es hermosamente seductor, lo que significa el peligro de este inveterado enemigo de la humanidad. A los habitantes de esta montaña sagrada (el monte Líbano) les aconsejamos que rechacen las insidiosas enseñanzas de este hereje anarquista y que quemen sus libros, para que sus doctrinas no lleven por el mal camino a los inocentes. Leímos Alas Rotas y verificamos que era veneno cubierto de miel." Eso es lo que la gente dice de mí, y está en lo cierto, porque soy muy fanático y siendo predilección tanto por la destrucción como por la construcción. Mi corazón odia lo que mis detractores santifican y ama lo que ellos rechazan. Y si pudiera desarraigar algunas costumbres, creencias y tradiciones de la gente, lo haría sin dudar. Cuando afirman que mis libros son un veneno, dicen la verdad, porque lo que yo digo es veneno para ellos. Pero mienten cuando dicen que lo mezclo con miel, porque yo uso el veneno en toda su potencia y lo sirvo en un vaso transparente. Los que me llaman idealista que anda en las nubes son los mismos que se alejan del vaso transparente que contiene lo que llaman veneno, porque saben que sus estómagos no lo resisten. Puede sonar truculento, pero ¿acaso la truculencia no es preferible a la simulación seductora? Los pueblos del Oriente quieren que el escritor sea como una abeja y esté siempre libando miel. Glotones de mil, la prefieren a cualquier otro alimento. Los pueblos del Oriente quieren que sus poetas se quemen como incienso ante sus sultanes. Los cielos orientales están nauseabundos de incienso, pero los pueblos de Oriente no tienen bastante. Quieren que el mundo aprenda su historia, estudie sus antigüedades, costumbres y tradiciones y qué adquiera su lengua. También cuentan con que los que los conocen no repetirán las palabras de Baidaba el filósofo, Ben Rished, Ephraim Al-Cyriani y Juan de Damasco. Los pueblos del Oriente, en síntesis, quieren hacer de su pasado una justificación y un lecho de ocio. Huyen del pensamiento positivo y de las enseñanzas positivas y de cualquier conocimiento de la realidad que pueda aguijonearlos y despertarlos de su sueño. El Oriente está enfermo, pero está tan acostumbrado a sus dolencias que ha llegado a considerarlas naturales y hasta nobles cualidades que lo distinguen de otros pueblos. Considera que quien no tiene esas cualidades está incompleto y es inepto para recibir el don divino de la perfección. En Oriente los médicos de la sociedad son muchos, y muchos los pacientes que siguen sin curarse, pero parecen aliviados de sus enfermedades porque se encuentran bajo los efectos de narcóticos sociales. Pero esos tranquilizantes ¡sólo enmascaran los síntomas. Varias son las fuentes de las que se destilan esos narcóticos, pero la principal es la filosofía oriental de la sumisión al destino (la obra de Dios). Otra fuente es la cobardía de los médicos sociales qué temen aumentar el dolor administrando medicinas drásticas. Vayan algunos ejemplos de esos tranquilizantes sociales: Una pareja de esposos descubre que, por razones sustanciales, el odio ha reemplazado al amor entre ellos. Después de un largo tormento, mutuo se separan. Inmediatamente sus padres se reúnen y llegan a algún acuerdo para reconciliar a la pareja deshecha. Primero acosan a la mujer con falsedades; luego ablandan al marido con engaños similares. No convencen a ninguno de los dos, pero ambos se humillan en una ficción de paz. Sin embargo, esta situación no dura: los efectos del narcótico social se disipan pronto y la miserable pareja vuelve por nuevas dosis. O bien un grupo o un partido se rebela contra un gobierno despótico y propone reformas políticas para liberar de sus cadenas a los oprimidos. Distribuye manifiestos, pronuncia feroces discursos y publica artículos punzantes. Pero al mes siguiente nos enteramos de que el gobierno puso preso a su dirigente o lo silenció dándole un importante rango. Y no se oyó más nada. O una secta se rebela contra su jefe religioso, acusándolo de cometer delitos y amenazando con adoptar otra religión, más humana y libre de supersticiones. Pero poco después nos enteramos de que los hombres sabios del país lograron la reconciliación del pastor y la grey aplicando narcóticos sociales. Criando un débil se queja de la opresión del fuerte, su prójimo lo calmará: "Calla y alégrate, así lo dispone el Destino." Cuando un aldeano duda de la santidad del sacerdote, le dirán: "Atiende sólo a sus enseñanzas y olvida sus defectos y fechorías." Cuando un maestro reprende a un estudiante, suele decir: "Las excusas que inventa un joven perezoso suelen ser, peores que el mismo delito." Si una hija se niega a adherir a las costumbres de la madre, ésta dirá: "La hija no es mejor que la madre: en consecuencia debe seguir los pasos maternos." Si un joven pide a un sacerdote que le explique el significado de un viejo rito, el predicador lo reprobará, diciendo: "Hijo, el que no mire la religión con los ojos de la fe no verá nada más que niebla y humo." De ese modo el Oriente descansa sobre su lecho mullido. El que duerme despierta un momento cuando lo pica una pulga y luego retoma su sueño narcótico. Y si alguien intenta despertarlos, los que duermen lo acusan de comportarse groseramente y de no dormir ni dejar dormir. Luego cierran nuevamente los ojos y susurran a los oídos de sus almas: "Es un infiel que envenena la mente de los jóvenes y socava los fundamentos eternos." Muchas veces pregunté a mi alma: "¿Soy uno de esos rebeldes despiertos que rechazan los narcóticos?" Y mi alma respondió crípticamente. Pero cuando oigo que injurian mi nombre y mis principios, me siento seguro de que estoy despierto y de que puedo contarme entre los que no se rinden a los sueños de la droga, que pertenezco a aquellos fuertes de corazón que caminan por senderos estrechos y espinosos en los que también se pueden encontrar flores, en medio de lobos que aúllan y de ruiseñores que cantan. Si el despertar fuera una virtud, la modestia me impediría proclamarla. Pero no es una virtud sino una realidad que aparece súbitamente a quienes tienen la fuerza de levantarse. Ser modesto al decir la verdad es una hipocresía. Pero los orientales lo llaman educación. No me sorprendería que los "pensadores" dijeran de mí: "Es un hombre que predica excesos y ve el lado malo de la vida; sólo aporta tinieblas y lamentos." A ellos respondo: "Deploro vuestra actitud oriental que evade la realidad de la debilidad y el dolor. "Me aflige cuando veo que mi querido país canta, pero no de alegría sino para detener los estremecimientos de temor. "En la lucha contra el demonio, el exceso es bueno. Porque el que es moderado en el anuncio de la verdad presenta la verdad a medias. Oculta la otra mitad por temor a la cólera de la gente. "Detesto la inteligencia que se alimenta de carroña; su hedor trastorna mi estómago y no la agasajaré con dulces ni licores. "Sin embargo, cambiaría alegremente mis gritos por joviales carcajadas, pronunciaría elogios en lugar de acusaciones, reemplazaría el exceso por la moderación siempre y cuando vosotros me mostrarais un gobernante justo, un abogado íntegro, un jerarca religioso que practique lo que predica, un marido que cuide a su mujer como a sí mismo. "Si quieres que baile, que haga sonar la trompeta o batir el tambor, invítame a una fiesta de bodas y apártame del cementerio."

FIN

EL VAGABUNDO

Lo encontré en la encrucijada de dos caminos. El hombre con apenas un bastón. Cubría sus ropas con una capa y su rostro con un velo de tristeza. Nos saludamos el uno al otro y yo le dije: -Ven a mi casa y sé mi huésped. Y él, vino. Mi mujer y mis hijos nos espetaban en la puerta de la casa y el les sonrió y ellos estuvieron contentos de su llegada. Después nos sentamos a la mesa. Y todos nos sentimos felices, con el hombre y con el halo de silencio y de misterio que lo envolvía. Y, luego de cenar, nos reunimos frente al fuego y yo lo interrogué acerca de sus peregrinaciones. Y nos contó muchas historias durante aquella noche. Y también al día siguiente. Las historias, que yo he registrado aquí, son fruto de la amargura de sus días, aunque él nunca se mostró amargado. Y están escritas con el polvo del camino. Cuando nos dejó, tres días después, no lo sentíamos ya como un huésped que había partido sino, más bien, como uno de nosotros, que estaba en el jardín y que aún no había entrado.

VESTIDURAS

Cierto día Belleza y Fealdad se encontraron a orillas del mar. Y se dijeron:
-Bañémonos en el mar.

Entonces se desvistieron y nadaron en las aguas. Instantes más tarde Fealdad regresó a la costa y se vistió con las ropas de Belleza, y luego partió. Belleza también salió del mar, pero no halló sus vestiduras, y era demasiado tímida para quedarse desnuda, así que se vistió con las ropas de Fealdad. Y Belleza también siguió su camino. Y hasta hoy día hombres y mujeres confunden una con la otra. Sin embargo, algunos hay que contemplan el rostro de Belleza y saben que no lleva sus vestiduras. Y algunos otros que conocen el rostro de Fealdad, y sus ropas, no lo ocultan a sus ojos.

CANCIÓN DE AMOR

Cierta vez, un poeta, escribió una hermosa canción de amor. E hizo muchas copias y las envió a sus amigos y conocidos; hombres y mujeres y, también, a una joven que había visto, tan sólo una vez y que vivía más allá de las montañas. Y, cuando pasaron dos o tres días, vino un mensajero de parte de la joven, trayendo una carta. Y la carta decía: "Déjame decirte que estoy profundamente conmovida por la canción de amor que escribiste para mí. Ven pronto y habla con mis padres para tratar los preparativos de la boda". Y el poeta respondió, diciendo en su carta: "Amiga mía, la canción que le envié no era sino una canción de amor brotada del corazón de un poeta, cantada por todo hombre y a toda cualquier mujer. Y ella le escribió a su vez, diciendo: "¡Hipócrita y mentiroso! ¡Desde hoy, hasta el día en que me entierren, odiaré a todos los poetas por su causa!

LÁGRIMAS Y RISAS

Una noche, a orillas del Nilo, una hiena se encontró con un cocodrilo. Ambos se detuvieron y se saludaron. La hiena dijo:

-¿Cómo vas pasando el día, Señor?

-Muy mal -respondió el cocodrilo-. A veces, en mi dolor y tristeza, lloro. Y entonces las criaturas dicen: "Son lágrimas de cocodrilo". Y eso me hiere mucho más de lo que podría contar.

Entonces la hiena dijo:

-Hablas de tu dolor y de tu tristeza, pero, piensa por un momento en mí. Contemplo la belleza del mundo, sus maravillas y sus milagros y, llena de alegría, río, como ríen los días. Y los pobladores de la selva dicen: "No es sino la risa de una hiena".

EN LA FERIA

Desde la campiña llegó a la Feria una niña muy bonita. En su rostro había un lirio y una rosa. Había ocaso en su cabello, y el amanecer sonreía en sus labios. Ni bien la hermosa extranjera apareció ante sus ojos, los jóvenes se asomaron y la rodearon. Uno deseaba bailar con ella, y otro día cortar una torta en su honor. Y todos deseaban besar su mejilla. Después de todo, ¿no se trataba acaso de una Bella Feria? Mas la niña se sorprendió y molestó, y pensó mal de los jóvenes. Los reprendió y encima golpeó en la cara a uno o dos de ellos. Luego huyó. En el camino a casa, aquella tarde, decía en su corazón: "Estoy disgustada. ¡Que groseros y mal educados son estos hombres! Sobrepasan toda paciencia". Y pasó un año, durante el cual la hermosa niña pensó mucho en Ferias y hombres. Entonces regresó a la Feria con el lirio y la rosa en el rostro, el ocaso en su cabello y la sonrisa del amanecer en sus labios. Pero ahora los jóvenes viéndola, le dieron la espalda. Y permaneció todo el día ignorada y sola. Y, al atardecer, mientras marchaba camino a su casa, lloraba en su corazón: "Estoy disgustada. ¡Que groseros y mal educados son estos hombres! Sobrepasan toda paciencia".

LAS DOS PRINCESAS

En la ciudad de Shawakis vivía un príncipe amado por todos, hombres, mujeres y niños. aún los animales del campo se acercaban a él para saludarle. Sin embargo, la gente decía que su esposa, no lo amaba, y aún más, que lo odiaba. Cierto día, la princesa de una ciudad vecina llegó a visitar a la princesa de Shawakis. Y, sentadas, conversaron, y sus palabras derivaron hacia sus esposos. La princesa de Shawakis dijo con pasión:

-Envidio tu felicidad con el príncipe, tu esposo, a pesar de tantos años de matrimonio. Yo odio a mi esposo, no me pertenece a mí sola y soy la más infeliz de las mujeres.

La princesa de visita, mirándola, dijo:

-Amiga mía, la verdad es que tú amas a tu esposo. Sí, y aún sientes por él una pasión viva. Y eso es vida para una mujer, como la primavera para un jardín. En cambio, apiádate de mí y de mi esposo, pues nos soportamos en paciente silencio. Y, sin embargo, tú y los otros consideran a eso felicidad.

EL RELÁMPAGO

Un día de tormenta estaba un obispo cristiano en su catedral, y se le acercó una mujer no cristiana y dijo:

--Yo no soy cristiana. ¿Existe salvación del fuego del infierno para mí?

El obispo miró y respondió:

-No, sólo se salvan los bautizados en el agua y en el espíritu.

Y mientras aún hablaba, un rayo cayó con estruendo sobre la catedral, y ésta fue invadida por el fuego. Y los hombres de la ciudad llegaron corriendo y salvaron a la mujer, pero el obispo se consumió, alimento del fuego.

EL ERMITAÑO

Cierta vez vivió un ermitaño en medio de las verdes colinas. Era puro de espíritu y blando de corazón. Y todos los animales de la tierra y todas las aves del cielo se llegaban hasta él en parejas, y él les hablaba. Lo escuchaban alegremente, reuniéndose junto a él, y no partían hasta la noche, momento en que el ermitaño los despedía, confiándolos al viento y al bosque con su bendición. Una tarde, mientras hablaba acerca del amor, un leopardo levantó la cabeza y dijo al ermitaño:

-Nos hablas del amor. Dinos, Señor, ¿dónde está tu compañera?

-No tengo compañera -contestó el ermitaño.

Entonces un gran grito de sorpresa se elevó del coro de bestias y aves, y comenzaron a decirse unos a otros:

-¿Cómo puede él hablarnos sobre el amor y el compañerismo cuando él mismo no sabe nada acerca de ello?

Y, lentamente, con actitud desdeñosa lo abandonaron. Aquella noche el ermitaño se echó sobre su estera, el rostro hacia la tierra, y lloró amargamente y golpeó las manos contra su pecho.

DOS SERES IGUALES

Cierto día, el profeta Sharía encontró una niña en un jardín. Y la niña dijo:

-Buen día tengas, Señor.

Y el profeta respondió:

-Buen- día para ti, Señora. -Y después de un instante agregó: -Veo que estás sola.

Entonces la criatura dijo, riendo encantada:

-Me llevó mucho tiempo perder a mi aya. Ella piensa que estoy detrás de aquel cerco. ¿Pero, no ves que estoy aquí? -Después, miró hacia el profeta y habló nuevamente -Tú también estás solo. ¿Qué hiciste con tu aya?

-Mi caso es diferente -respondió el profeta-. En verdad, no puedo perderla con frecuencia. Pero hoy, cuando vine a este jardín, ella me estaba buscando detrás de aquel cerco. La niña, batiendo palmas gritó:

- ¡Entonces eres como yo! ¿No es bueno estar perdido? -Y después pregunto: -¿Quién eres tú?

-Me llaman el profeta Sharía. ¿Y, dime, quién eres tú? -respondió el hombre.

-Soy solamente yo -dijo la niña y mi aya me está buscando sin saber que estoy aquí..

Entonces el profeta miró hacia el espacio y dijo:

-Yo también huí de mi aya por un instante. Pero ella me encontrará.

-Sé que mi aya también me encontrará -dijo la niña.

Y en aquel momento se oyó la voz de una mujer llamando por su nombre a la niña.

-¿Ves? -dijo la criatura-, yo te dije que ella me encontraría.

Y en ese mismo instante, otra voz se oyó decir: "¿Dónde estás, Sharía?"

Y el profeta dijo:

-Ves, hija mía, me han encontrado también a mí. -Y mirando hacia lo alto, Sharía respondió:

- Heme aquí.

LA PERLA

Dijo una ostra a otra ostra vecina:

-Siento un gran dolor dentro de mí. Es pesado y redondo y me lastima.

Y la otra ostra replicó con arrogante complacencia:

-Alabados sean los cielos y el mar. Yo no siento dolor dentro de mí. Me siento bien e intacta por dentro y por fuera.

En ese momento, un cangrejo que por allí pasaba escuchó a las dos ostras, y dijo a la que estaba bien por dentro y por fuera:

-Sí, te sientes bien e intacta; mas él dolor que soporta tu vecina es una perla de inigualable belleza.

CUERPO Y ALMA

Un hombre y una mujer se sentaron junto a una ventana abierta a la primavera. Se sentaron uno junto al otro. Y la mujer dijo:

-Te amo. Eres bello y rico, y estás siempre bien ataviado.

Y el hombre, dijo:

-Te amo. Eres un bello pensamiento, algo demasiado etéreo para sostenerlo en la mano, y una canción en mis sueños. Más la mujer se levantó con furia y replicó:

-Señor, por favor dejadme ya. No soy un pensamiento, ni una cosa que pasa por tus sueños. Soy una mujer. Preferiría que me desearas como esposa y madre de niños no nacidos aún. Y se separaron. Y el hombre hablaba en su corazón: "He aquí otro sueño que se convierte en humo".

Y la mujer decía: "Bien. ¿Y qué decir de un hombre que se convierte en humo y sueños?"

EL REY

La gente del Reino de Sadik rodeó el palacio de su rey gritando en rebelión contra él. Y el rey descendió la escalera del palacio portando su corona en una mano y su cetro en la otra. La majestuosidad de su presencia silenció a la multitud, y, deteniéndose frente a ellos, dijo:

-Amigos míos, puesto que no sois más mis súbditos he aquí que restituyo mi corona y mi cetro. Seré uno de vosotros. Soy solamente un hombre más, como tal trabajaré junto a vosotros y nuestra tierra crecerá mejor. No existe necesidad de un rey. Vayamos, pues, a los campos y viñedos y trabajaremos lado a lado. Sólo debéis indicarme a qué prado o viñedo debo dirigirme. Todos vosotros sois ahora el rey.

Y el pueblo se maravilló, y el silencio los cubrió; pues el rey, a quien juzgaran la causa de su descontento, les restituía la corona y el cetro, y se transformaba en uno de ellos. Luego todos y cada uno siguieron su camino, y el rey se dirigió al prado acompañado por un hombre. Mas, el Reino de Sadik no marchaba sin un rey, y el velo de descontento aún permanecía sobre la tierra. La gente gritaba en el mercado diciendo que debían ser gobernados y que debían tener un rey que los dirigiera. Y los ancianos y los jóvenes decían al unísono:

-Tendremos nuestro rey.

Y buscaron al rey y lo encontraron afanándose en el campo, y lo llevaron hasta su trono devolviéndole la corona y el cetro. Y así hablaron:

-Ahora gobiérnanos con grandeza y justicia.

Entonces llegaron hasta su presencia hombres y mujeres para hablarle sobre un barón que los maltrataba y de quien eran sólo esclavos. De inmediato el rey llamó al barón junto a él y le dijo:

-La vida de un hombre pesa como la vida de cualquier otro en la escala de Dios. Y porque tú no sabes pesar la vida de quienes trabajan tus tierras y tus viñedos quedas desterrado y abandonarás este reino para siempre.

Al día siguiente llegó otro grupo hasta el rey y habló de la cruel condesa del otro lado de las colinas, y de cómo los había conducido a la miseria. De inmediato la condesa fue traída hasta la corte y el rey también la sentenció al destierro diciendo:

-Aquéllos que labran nuestros campos y cuidan nuestros viñedos son más nobles que nosotros, quienes comemos el pan preparado por ellos y bebemos el vino de sus lagares. Y porque tú no lo sabes, dejarás esta tierra y vivirás lejos de este reino.

Luego vinieron hombres y mujeres diciendo que el obispo les hacía traer piedras y esculpirlas para la catedral, mas no les había pagado pese a que el cofre del obispo se hallaba repleto de oro y plata, mientras ellos mismos se encontraban vacíos y hambrientos. El rey requirió la presencia del obispo, y cuando lo tuvo frente a sí, dijo:

-Esa cruz que usas sobre tu pecho debería significar dar vida a la vida. Mas, tú has tomado la vida y devuelto nada, por lo que abandonarás este reino para nunca regresar.

Y así cada día, hasta el tiempo de luna llena, hombres y mujeres llegaban hasta el rey para contarle sobre las cargas que pesaban sobre ellos. Y cada día, y todos los días de una luna entera, algún opresor era exiliado de esta tierra.

El pueblo de Sadik estaba maravillado, y había alegría en sus corazones. Y cierto día los ancianos y los jóvenes rodearon la torre del rey y pidieron por él. El descendió llevando la corona en una mano y el cetro en la otra.

-Y ahora -les dijo-, ¿qué queréis de mí? Tened, os devuelvo lo que vosotros deseasteis que yo tuviera.

- ¡No, no! -gritaron ellos-. Tú eres nuestro legítimo rey. Has limpiado la tierra de víboras y reducidos los lobos a la nada. Hemos venido a cantarte nuestro agradecimiento. La corona es vuestra en majestad y el cetro es vuestro en gloria.

- ¡Yo no! -respondió el rey-. ¡Yo no! Vosotros mismos sois el rey. Cuando me juzgaron incapaz y mal gobernante, vosotros mismos erais incapaces e ingobernables. Y ahora la tierra crece bien porque está en vuestra voluntad el hacerlo. Yo no existo sino en vuestras acciones. No existe una persona gobernante. Existen sólo los que se gobiernan a sí mismos. El rey retornó a la torre con su corona y su cetro. Y los ancianos y los jóvenes tomaron sus diferentes caminos sintiéndose felices.

Y cada uno de ellos se imaginó a sí mismo un rey con la corona en una mano y el cetro en la otra.

SOBRE LA ARENA

Dijo un hombre a otro:

-Con la marea alta, hace mucho tiempo, escribí con mi cayado, unas líneas en la arena. Y la gente aún se detiene para leerlas y cuida mucho de que no se borren.

Y el otro hombre dijo:

-Yo también escribí unas líneas en la arena, pero lo hice durante la marea baja. Y las olas del inmenso mar las borraron y breve fue su vida. Pero dime; ¿qué fue lo que tú escribiste?

Y el primer hombre respondió:

-Escribí Soy lo que soy. ¿Y tú, qué escribiste?

Y el otro hombre dijo:

-Escribí esto: Soy sólo una gota de este mar inmenso.

TRES REGALOS

Cierta vez, en la ciudad de Becharre, vivía un amable príncipe, querido y honrado por todos sus súbditos. Pero había un hombre, excesivamente pobre, que se mostraba amargo con el príncipe y movía continuamente su lengua, pestilente en sus censuras. El príncipe lo sabía. Pero era paciente. Por fin decidió considerar el caso. Y, una noche de invierno, un siervo del príncipe llamó a la puerta del hombre, cargando un saco de harina de trigo, un paquete de jabón y uno de azúcar.

-El príncipe te envía estos presentes como recuerdo - dijo el siervo.

Y el hombre se regocijó, pues creyó que las dádivas eran un homenaje del príncipe. Y, en su orgullo, fue en busca del obispo y le contó lo que el príncipe había hecho, agregando:

-¿No veis como el príncipe desea mi amistad?

-Pero el obispo respondió:

-¡Oh! Qué príncipe sabio y qué poco comprendes. El habla por símbolos. La harina es para tu estómago vacío; el jabón para tu sucia piel y el azúcar para endulzar tu amarga lengua. Desde aquel día en adelante, el hombre sintió vergüenza hasta de sí mismo y su odio al príncipe se hizo mayor que nunca. Pero, a quien más odiaba era al obispo que interpretó la dádiva del príncipe. Sin embargo, desde entonces guardó silencio.

PAZ Y GUERRA

Tres perros tomaban sol y conversaban. El primer perro dijo entre sueños:

-Es realmente maravilloso vivir en estos días en que reinan los perros. Consideren la facilidad con que viajamos bajo el mar, sobre la tierra y aún en el cielo. Y mediten por un momento sobre las invenciones creadas para el confort de los perros para nuestros ojos, oídos y narices. Y el segundo perro habló y, dijo:

-Comprendemos más el arte. Ladramos a la luna más rítmicamente que nuestros antepasados. Y cuando nos contemplamos en el agua vemos que nuestros rostros son más claros que los de ayer".

Entonces el tercero dijo:

-Pero lo que a mí más me interesa y entretiene mi mente es la tranquila comprensión existente entre los distintos estados caninos.

En ese momento vieron que el cazador de perros se acercaba. Los tres perros se dispararon y se escabulleron calle abajo, y, mientras corrían, el tercer perro dijo:

-¡Por Dios! Corred por vuestras vidas. La civilización viene detrás nuestro.

LA BAILARINA

Había una vez una bailarina que con sus músicos había arribado a la corte del príncipe de Birkaska. Y, admitida en la corte, bailó ante el príncipe al son del laúd y la flauta y la cítara. Bailó la danza de las llamas, y la danza de las espadas y las lanzas; bailó la danza de las estrellas y la danza del espacio. Y, por último, la danza de las flores al viento. Luego se detuvo ante el trono del príncipe y dobló su cuerpo ante él. Y el príncipe le solicitó que se acercara, y dijo:

Hermosa mujer, hija de la gracia y del encanto, ¿desde cuándo existe tu arte? ¿Y cómo es que dominas todos los elementos con tus ritmos y canciones?

Y la bailarina, inclinándose nuevamente ante el príncipe, dijo:

-Poderosa y agraciada Majestad, desconozco la respuesta a tus preguntas. Sólo esto sé: el alma del filósofo habita en su cabeza; el alma del poeta en su corazón; mas, el alma de la bailarina late en todo su cuerpo.

LOS DOS ÁNGELES

Una tarde dos ángeles se encontraron ante la puerta de una ciudad, se saludaron y conversaron.

-¿Qué estás haciendo en estos días y que trabajo te ha sido asignado? -preguntó un ángel.

-Me ha sido encomendada la custodia de un hombre caído en el pecado -respondió el otro-, que vive abajo en el valle, un gran pecador, el más depravado. Te aseguro que es una importante misión y un arduo trabajo.

-Esa misión es fácil -dijo el primer ángel-. He conocido muchos pecadores y he sido guardián numerosas veces. Mas, ahora me ha sido asignado un buen hombre que habita al otro lado de la ciudad. Y te aseguro que es un trabajo excesivamente difícil y demasiado sutil.

-Eso no es más que presunción -dijo el otro ángel ¿Cómo puede ser que custodiar a un santo sea más difícil que custodiar a un pecador?

-¡Qué impertinente llamarme presuntuoso! -respondió el primero-. He afirmado sólo la verdad. ¡Creo que tú eres el presuntuoso!

De ahí en más los ángeles riñeron y pelearon, al principio de palabra y luego con puños y alas. Mientras peleaban apareció un arcángel. Los detuvo y preguntó:

-¿Por qué peleáis? ¿De qué se trata? ¿Acaso no sabéis que es impropio que los ángeles de la guarda se peleen frente a las puertas de la ciudad? Decidme: ¿por qué el desacuerdo?

Ambos hablaron al unísono, cada uno arguyendo

que su trabajo era el más difícil y que les correspondía el premio mayor.

El arcángel sacudió la cabeza y meditó.

-Amigos míos -les dijo-, no puedo dilucidar ahora cuál de vosotros es el más merecedor de honor y recompensa. Pero, desde que se me ha dado poder, y en bien de la paz y del buen custodiar, doy a cada uno de vosotros el trabajo del otro, ya que insistís en que la ocupación del otro es la más fácil. Ahora marchaos lejos de aquí y sed felices en vuestros oficios.

Los ángeles, así ordenados, tomaron sus respectivos caminos. Pero cada uno volvía la cabeza mirando con gran enojo al arcángel. Y en sus corazones decían: "Oh, estos arcángeles! ¡Cada día vuelven la vida más y más difícil para nosotros los ángeles!"

Pero el arcángel se detuvo y una vez más se puso a meditar. Y dijo en su corazón: "Debemos en verdad, ser cautelosos y montar guardia sobre nuestros ángeles de la guarda".

LA ESTATUA

Cierta vez, entre las colinas vivía un hombre poseedor de una estatua cincelada por un anciano maestro. Descansaba contra la puerta cara al suelo. Y él nunca le prestaba atención. Un día pasó frente a su casa un hombre de la ciudad, un hombre de ciencia. Y, advirtiendo la estatua, le preguntó al dueño si la vendería.

- ¿Quién desea comprar esa horrible y sucia estatua? - respondió el dueño, riéndose.

-Te daré esta pieza de plata por ella -dijo el hombre de la ciudad.

El otro quedó atónito, pero complacido. La estatua fue trasladada a la ciudad sobre el lomo de un elefante. Y luego de varias lunas el hombre de las colinas visitó la ciudad y, mientras caminaba por las calles, vio a una multitud ante un negocio, y a un hombre que a voz en cuello gritaba:

-Acercaos y contemplad la más hermosa, la más maravillosa estatua del mundo entero. Solamente dos piezas de plata para admirar la más extraordinaria obra maestra.

Al instante, el hombre de las colinas pagó dos piezas de plata y entró en el negocio para ver la estatua que él mismo había vendido por una sola pieza de ese mismo metal.

EL TRUEQUE

Una vez en el cruce de un camino, un Poeta pobre encontró a un rico Estúpido, y conversaron. Y todo lo que decían revelaba el descontento de ambos. Entonces el Ángel del Camino se acercó y posó su mano sobre el hombro de los dos hombres. Y, creedlo, un milagro se produjo; ambos intercambiaron sus posesiones. Y se alejaron. Pero, cosa difícil de relatar, el Poeta miró y encontró sólo arena seca en sus manos; y el Estúpido cerró sus ojos y sintió nada más que nubes en su corazón.

AMOR Y ODIO

Una mujer dijo a un hombre: -Te amo.

Y el hombre respondió: -Mi corazón se cree merecedor de tu amor.

Y la mujer habló: -¿No me amas?

Y el hombre sólo elevó sus ojos hacia ella y calló.

Entonces la mujer gritó: -Te odio.

Y el hombre dijo: -Pues, entonces, mi corazón también es merecedor de tu odio.

SUEÑOS

Un hombre tuvo un sueño y, cuando despertó, visitó a un adivino y quiso que éste lo descifrase. Y el adivino dijo al hombre:

-Ven a mí con los sueños que contemples en tus momentos despiertos y te explicaré sus significados. Pero los sueños de tu dormir no pertenecen ni a mi sabiduría ni a tu imaginación.

EL LOCO

En el jardín de un hospicio conocí a un joven de rostro pálido y hermoso, allí internado. Y sentándome junto a él sobre el banco, le pregunté:

-¿Por qué estás aquí?

Me miró asombrado y respondió:

-Es una pregunta inadecuada, sin embargo, contestaré. Mi padre quiso hacer de mí una reproducción de sí mismo; también mi tío. Mi madre deseaba que fuera la imagen de su ilustre padre. Mi hermana mostraba a su esposo navegante como el ejemplo perfecto a seguir. Mi hermano pensaba que debía ser como él, un excelente atleta. "Y mis profesores como el doctor de filosofía, el de música y el de lógica, ellos también fueron terminantes, y cada uno quiso que fuera el reflejo de sus propios rostros en un espejo. "Por eso vine a este lugar. Lo encontré más sano. Al menos puedo ser yo mismo. Enseguida se volvió hacia mí y dijo:

-Pero dime, ¿te condujeron a este lugar la educación y el buen consejo?

-No, soy un visitante -respondí.

-Oh, -añadió el-, tú eres uno de los que vive en el hospicio del otro lado de la pared.

LAS RANAS

Cierto día de verano una rana dijo a su compañero:

-Temo que la gente que vive en aquella casa de la costa esté molesta por nuestro canto.

Y su compañero respondió:

-Bueno, ¿acaso no nos molestan ellos con sus conversaciones durante nuestro silencio diurno?

-No olvidemos que a veces cantamos demasiado por la noche -dijo la rana.

-No olvidemos que ellos charlan y gritan mucho más durante el día -respondió su amigo.

Dijo entonces la rana:

-¿Y qué hay del escuerzo que molesta a todo el vecindario con su croar prohibido por Dios?

-Mas -replicó su amigo-, ¿qué me dices del político y el sacerdote y el científico que llegan a estas costas y pueblan el aire con molestos ruidos?

-Bien -dijo entonces el primero-, pero seamos mejores que estos seres humanos. Guardemos silencio por la noche y mantengamos las canciones en nuestros corazones, aun cuando la luna reclame nuestro ritmo y las estrellas nuestra rima. Al menos callemos por una noche, o dos, o aún por tres noches.

-Muy bien -dijo su compañero-, estoy de acuerdo. Veremos que nos trae después tu generoso corazón.

Aquella noche las ranas callaron y permanecieron silenciosas la noche siguiente y nuevamente la tercera noche. Y, aunque resulte difícil de relatar, la mujer charlatana que vivía en la casa junto al lago bajó para el desayuno al tercer día y gritó a su marido:

-No he dormido estas tres noches. Me sentía segura durmiendo con el canto de las ranas en mis oídos. Pero algo debe haber sucedido. Pues, no han cantado por tres noches; y estoy casi medio loca por falta de sueño.

La rana oyó esto, y volviéndose hacia su compañero, dijo guiñando un ojo:

-Y nosotros casi enloquecemos por nuestro silencio, ¿no es cierto?

Y su compañero respondió:

-Sí, el silencio de la noche pesaba sobre nosotros., y ahora me doy cuenta de que no es necesario cesar nuestro canto por la comodidad de aquellos que necesitan llenar su vacío con ruidos.

Y aquella noche la luna no reclamó vanamente sus ritmos, ni las estrellas sus rimas.

LAS LEYES

Años atrás existía un poderoso rey muy sabio que deseaba redactar un conjunto de leyes para sus súbditos. Convocó a mis sabios pertenecientes a mil tribus diferentes y los hizo venir a su castillo para redactar las leyes. Y ellos cumplieron con su trabajo. Pero cuando las mil leyes escritas sobre pergamino fueron entregadas al rey, y luego de éste haberlas leído, su alma lloró amargamente, pues ignoraba que hubiera mil formas de crimen en su reino. Entonces llamó al escriba, y con una sonrisa en los labios, él mismo dictó sus leyes. Y éstas no fueron más que siete. Y los mil hombres sabios se retiraron enojados y regresaron a sus tribus con las leyes -que habían redactado. Y cada tribu obedeció las leyes de sus hombres sabios. Por ello es que poseen mil leyes aún en nuestros días. Es un gran país, pero tiene mil cárceles y las prisiones están llenas de mujeres y hombres, infractores de mil leyes. Es realmente un gran país, pero ese pueblo desciende de mil legisladores y de un solo rey sabio.

AYER, HOY Y MAÑANA

Dije a mi amigo: -Tú la ves descansado sobre el brazo de aquel hombre. Solo que ayer descansaba así sobre el mío.

Y mi amigo dijo: -Y mañana se posará sobre el mío.

Dije: -Mírala sentada junto a él. Fue sólo ayer que se sentaba junto a mí.

Y él respondió: -Mañana se sentará a mi lado.

Dije: -Observa, bebe vino de su copa y ayer bebía de la mía.

Y el agregó: -Mañana lo hará de mi copa.

Entonces dije: -Mira como lo contempla con amor y con ojos entregados. Ayer mismo me contemplaba así.

Y mi amigo dijo: -Mañana me contemplará a mí.

Pregunté: -¿No la oyes murmurar canciones de amor en sus oídos? Las mismas canciones de amor que murmuraba en los míos.

Y mi amigo contestó: -Y mañana las susurrará en los míos.

Y dije: -Pero mira. Está abrazándolo. No fue sino ayer que me abrazaba a mí.

Y mi amigo dijo: -Me abrazará a mí mañana.

Entonces agregué: - ¡Qué mujer extraña!

Mas él me respondió: -Ella es como la vida, poseída por todos los hombres; y como la muerte, conquista a todos los hombres; y como la eternidad, envuelve a todos los hombres.

EL FILÓSOFO Y EL REMENDÓN

Un filósofo llegó un día al taller de un zapatero remendón con unos zapatos gastados. Y el filósofo dijo al remendón:

-Por favor, remienda mis zapatos.

-Ahora estoy remendando zapatos de otros hombres -respondió éste-, y hay todavía más para reparar antes de que pueda ocuparme de los tuyos. Pero deja tus zapatos aquí, y usa este otro par por hoy, y ven mañana a buscar los tuyos.

-No uso zapatos que no son míos -protestó indignado el filósofo.

-Pues bien -dijo el remendón-, ¿en verdad eres tú un filósofo y no puedes calzarte con zapatos de otro hombre? Al final de esta calle hay otro remendón que comprende a los filósofos mejor que yo. Recurre a él para remiendos.

LOS CONSTRUCTORES

En Antioquía, donde el río Assi corre a encontrarse con el mar, se construyó un puente para acercar una mitad de la ciudad a la otra mitad. Fue construido con enormes piedras cariadas desde lo alto de las colinas sobre el lomo de las mulas de Antioquía. Cuando el puente fue terminado se grabó sobre el pilar en griego y en arameo: "Este puente fue construido por el Rey Antioco II". Y toda la gente cruzó. el buen, puente sobre el manso río Assi. Una tarde, un joven, tenido por algunos como un loco, descendió hasta el pilar donde se habían grabado las palabras, y las cubrió con carbón y escribió por encima: "Las piedras del puente fueron traídas desde las montañas por las mulas. Al pasar de ida o de vuelta sobre el puente están cabalgando sobre los lomos de las mulas de Antioquía, constructoras de este puente". Y cuando la gente leyó lo que el joven había escrito, algunos se rieron y otros se maravillaron.

-Ah, sí -dijo uno-, sabemos quién hizo esto. ¿No es acaso un poco loco?

Pero una mula dijo, riéndose, a otra mula:

¿No recuerdas acaso que verdaderamente nosotras acarreamos esas piedras? Y, sin embargo, hasta ahora se decía que el puente lo había construido el Rey Antioco.

LA TIERRA DE ZAAD

Camino a Zaad un viajero encontró a un hombre que vivía en una villa vecina; y el viajero, apuntando con su mano hacia una vasta extensión de tierra, preguntó al hombre diciendo:

-¿No fue éste el campo de batalla donde el Rey Ahlam venció a sus enemigos?

-Nunca ha sido un campo de batalla -respondió el hombre-. Una vez existió sobre esta tierra la gran ciudad de Zaad, incendiada hasta quedar cenizas. Pero ahora es tierra buena, ¿no es así?

Y el viajero y el hombre se separaron.

Casi media milla más lejos el viajero encontró a otro hombre y, señalando hacia el campo otra vez, dijo:

-Así que allí es donde la gran ciudad de Zaad se estableció una vez".

-Jamás existió ciudad alguna en este lugar -respondió el hombre-. Pero sí hubo un monasterio que fue destruido por la gente del País del Sur.

Un rato más tarde, en la misma ruta a Zaad, el viajero encontró a un tercer hombre, y apuntando otra vez hacia la tierra dijo:

-¿Es verdad que ese es el lugar donde una vez hubo un gran monasterio?

-Nunca existió un monasterio en los alrededores -respondió el hombre-, pero según nuestros padres y antepasados una vez cayó un gran meteoro sobre el campo.

El viajero continuó su camino, admirándose en su corazón. Y encontró a un hombre muy anciano y, saludándolo le dijo

-Señor, caminando esta ruta encontré a tres hombres que habitan el vecindario y les pregunté a cada uno la historia de esta tierra, y cada uno denegó lo que el otro había contestado, y a su vez cada uno me contaba una nueva historia que el otro ni había mencionado.

-Amigo mío -respondió el anciano elevando su cabeza-, cada uno y los tres te contestó lo que en realidad fue; pero muy pocos de nosotros estamos capacitados para agregar afirmaciones a otras afirmaciones diferentes y construir una verdad de ahí en más.

EL ORO

Cierto día, dos hombres que se encontraron en la ruta caminaban junto hacia Salamis, la Ciudad de las Columnas. Al mediodía llegaron hasta un ancho río sin puente para cruzarlo. Debían nadar o buscar alguna otra ruta que desconocían. Y se dijeron: "Nademos, después de todo el río no es tan ancho". Y se zambulleron y nadaron. Y uno de los hombres, el que siempre supo de ríos y rutas de ríos, de pronto, en el medio de la corriente, comenzó a perderse y a ser arrastrado por las impetuosas aguas; mientras, el otro, que nunca antes había nadado, cruzó el río en línea recta y se detuvo sobre un banco. Entonces, viendo a su compañero luchando aún con la corriente, se arrojó otra vez al agua y lo trajo a salvo hasta la orilla. Y el hombre que había sido arrastrado por la corriente dijo:

-¿No habías dicho que no podías nadar? ¿Cómo es que cruzaste el río con tanta seguridad?

-Amigo -explicó el segundo hombre-, ¿ves este cinturón que me ciñe? Está lleno de monedas de oro que gané para mi esposa y mis hijos, todo un año de trabajo. Es el peso de este cinturón el que me condujo a través del río, hacia mi esposa y mis hijos. Y mi esposa y mis hijos estaban sobre mis hombros mientras yo nadaba. Y los dos hombres continuaron su camino juntos hacia Salamis.

LA TIERRA ROJA

Dijo un árbol a un hombre: -Mis raíces habitan en lo profundo de la tierra roja, y te daré mi fruto.

Y el hombre dijo al árbol: - ¡Qué parecidos somos! Mis raíces también habitan en la profundidad de la tierra roja. Y la tierra roja te da poder para concederme tu fruto y la tierra roja me enseña a recibir de ti con agradecimiento.

LA LUNA LLENA

La luna llena se elevó gloriosa sobre el pueblo, y todos los perros de ese pueblo comenzaron a ladrarle.

Sólo un perro no ladró y dijo a los otros con voz grave: -No despertéis el sosiego de su sueño, ni atraigáis a la luna hacia la tierra con vuestros ladridos. Entonces todos los perros cesaron de ladrar, creando un terrible silencio. Mas, el perro que les había hablado continuó ladrando pidiendo silencio durante el resto de la noche.

EL PROFETA ERMITAÑO

Hubo una vez un profeta ermitaño que cada tres lunas bajaba hasta la ciudad y en las plazas del mercado predicaba el dar y compartir entre la gente. Y era elocuente y su fama se expandía por sobre la tierra. Una tarde, tres hombres llegaron a su ermita y lo saludaron.

-Tú predicas el dar y compartir -le dijeron-. Y buscas enseñar a quienes tienen mucho para dar a los que poseen poco; y no dudamos que tu fama te ha brindado riquezas. Ahora ven y danos de tus riquezas, pues tamos necesitados.

-Amigos míos -les contestó el ermitaño-, no tengo más que esta cama, esta estera y esta jarra de agua. Lleváoslo si así lo deseáis. No tengo ni oro ni plata.

Entonces lo miraron desdeñosos y dieron vuelta sus caras, y el último hombre se detuvo en la puerta un momento y gritó:

-¡Impostor! ¡Embustero! Tú enseñas y predicas aquello que tú mismo no prácticas.

AQUEL VIEJO, VIEJO VINO

Hubo una vez un hombre rico muy orgulloso de su

bodega y del vino que allí había; y también había una vasija con vino añejo guardada para alguna ocasión sólo conocida por él. El gobernador del estado llegó a visitarlo, y aquél, luego de pensar se dijo: "Esa vasija no se abrirá por un simple gobernador". Y un obispo de la diócesis lo visitó, pero él dijo para sí: "No, no destaparé la vasija. El no apreciará su valor, ni el aroma regodeará su olfato". El príncipe del reino llegó y almorzó con él. Mas éste pensó: "Mi vino es demasiado majestuoso para un simple príncipe". Y aún el día en que su propio sobrino se desposara, se dúo: "No, esa vasija no debe ser traída para estos invitados". Y los años pasaron, y él murió siendo ya viejo, y fue enterrado como cualquier semilla o bellota. El día después de su entierro tanto la antigua vasija de vino como las otras fueron repartidas entre los habitantes del vecindario. Y ninguno notó su antigüedad. Para ellos, todo lo que se vierte en una copa es solamente vino.

DOS POEMAS

Varios siglos atrás, camino a Atenas, se encontraron dos poetas, y les alegró verse. Uno de ellos le preguntó al otro:
-¿Qué has compuesto últimamente, y cómo suena en tu lira?
El otro poeta respondió como orgullo:
-Acabo de terminar el más grande de mis poemas, quizás el más grande poema que se haya escrito en Grecia. Es una invocación a Zeus Olímpico. -

Entonces extrajo de abajo de su capa un papiro diciendo:- Helo aquí, lo llevo conmigo, y desearía leértelo. Ven, sentémonos a la sombra de aquel ciprés blanco. Y el poeta leyó su poema. Y era- un extenso poema.

-Es un gran poema -dijo el otro poeta amablemente-. Vivirá a través de los años, y en él serás glorificado.

-Y tú, ¿qué has escrito durante estos últimos días? -preguntó con calma el primero.

-He escrito poco -respondió el otro. Sólo ocho líneas en memoria de un niño jugando en un jardín. - Y recitó sus líneas.

-No está mal. No está mal -comentó el primer poeta. Y se separaron.

Y hoy, luego de dos mil años, las ocho líneas del poeta son leídas en todos los idiomas, y son amadas y apreciadas.. Y aun cuando el otro poema ha vivido también a través de los años en librerías y en los textos escolares, y a pesar de ser recordado, ni es amado ni leído.

LADY RUTH

Una vez hubo tres hombres que miraban desde lejos hacia una casa blanca que se erguía solitaria sobre una verde colina. Uno de ellos dijo:

-Aquella es la casa de Lady Ruth. Es una vieja bruja.

-Te equivocas -:-dijo el segundo hombre-, Lady Ruth es una hermosa mujer que vive allí consagrada a sus sueños.

-Ambos se equivocan -dijo el tercero-. Lady Ruth

es la arrendataria de esta vasta tierra y extrae sangre de sus siervos.

Y continuaron su camino discutiendo acerca de Lady Ruth. Cuando llegaron a un cruce encontraron a un anciano y uno de ellos le preguntó:

-¿Podrías contarnos algo sobre Lady Ruth, la que habita aquella casa blanca sobre la colina?

El anciano levantó la cabeza y sonriendo dijo:

-Tengo noventa años y recuerdo a Lady Ruth desde niño. Pero Lady Ruth falleció ochenta años atrás.

Y ahora la casa está vacía. Los búhos anidan en ella algunas veces, y la gente dice que el lugar está embrujado.

EL GATO Y EL RATÓN

Cierta tarde un poeta conoció a un campesino. El poeta era esquivo y el campesino tímido, pero conversaron.

-Déjame contarte una pequeña historia que escuché últimamente -dijo el campesino-. Un ratón fue apresado en una* trampa. Y mientras comía feliz el queso que allí había, un gato se detuvo al lado de él. El ratón tembló un instante, pero sabía que en la trampa se hallaba seguro.

"-¿Estás comiendo tu último alimento, amigo? -dijo el gato.

"-Sí -contestó el ratón-, una vida tengo, por lo tanto una muerte. Más, ¿qué hay de ti? Me dicen que posees nueve vidas. ¿No significa eso que posees nueve veces?

Entonces el campesino miró al poeta y dijo:

-¿No es una historia extraña?

El poeta no contestó, pero se fue diciendo dentro de sí: -En verdad, tenemos nueve vidas, nueve vidas para estar seguros. Y moriremos nueve veces, y nueve veces moriremos. Quizá fuera mejor poseer sólo una vida -apresada en una trampa-, la vida de un campesino con un trozo de queso como última comida Pues acaso, ¿no pertenecemos a la estirpe de los leones del desierto y de la jungla?

LA MALDICIÓN

Una vez me dijo un viejo hombre de mar:

-Treinta años hace que un marinero escapó con mi hija. Y maldije en mi corazón a ambos, pues amaba a mi hija más que a nada en el mundo.

"No mucho después el joven marino se hundió con su barco hasta el fondo del mar y con él mi hija amada, perdiéndose de mí.

"Y ahora vedme como el asesino de un joven y una esposa. Fue mi maldición que los destruyó. Y ahora en camino hacia mi tumba busco el perdón de Dios.

Esto dijo el anciano. Mas, sus palabras sonaban petulantes, y parece que aún se enorgullecía del poder de su maldición.

LAS GRANADAS

Había una vez un hombre poseedor de varios granados en su huerta. Y todos los otoños colocaba las granadas en bandejas de plata fuera de su morada, y sobre las bandejas escribía un cartel que decía así:

"Tomad una por nada. Sois bienvenidos".

Mas la gente pasaba sin tomar la fruta. Entonces, el hombre meditó, y un otoño no dejó granadas en las bandejas de plata fuera de su morada, sino que colocó un gran anuncio: "Tenemos las mejores granadas de la tierra, pero las vendemos por más monedas de plata que cualquier otra granada". Y, creedlo, todos los hombres y mujeres del vecindario llegaron corriendo a comprar.

TRES DIOSES Y NINGUNO

En la ciudad de Kilafis un sofista se paró sobre los escalones del Templo y predicó sobre varios dioses. Y el pueblo dijo en sus corazones: "Sabemos todo esto. ¿Acaso no vive con nosotros y nos siguen doquiera que vayamos?"

No mucho después, otro hombre de pie en la plaza del mercado habló así a la gente:

-Dios no existe.

Y varios de los que escuchaban se alegraron con sus relatos, pues temían a los dioses.

Y un día llegó un hombre muy elocuente y dijo:

-Sólo existe un Dios.

Y entonces todo el pueblo se acongojó, pues en sus corazones temían al juicio de un Dios más que al de varios dioses. Por aquella misma época apareció otro hombre y dijo al pueblo:

-Hay tres dioses y habitan en el viento como uno solo, y tienen una grande y agraciada madre que es a la vez su compañera y hermana.

Entonces todos se sintieron reconfortados, pues en secreto se decían: "Tres dioses en uno deben desaprobar nuestras fallas, pero también su agraciada madre será seguramente la abogada de nuestras pobres debilidades".

Aún hoy día en la ciudad de Kilafis, hay quienes pelean y discuten entre sí sobre la existencia de varios dioses y ninguno, y sobre un dios y tres dioses en uno y acerca de cierta agraciada madre de los dioses.

LA QUE ERA SORDA

Había una vez un hombre rico desposado con una joven sorda por completo.

Una mañana, mientras desayunaban, ella le dijo:

-Ayer visité el mercado y exhibían vestidos de seda de Damasco, velos de la india, collares de Persia y brazaletes de Yemmen. Parece qué las caravanas acaban de traer todo eso a nuestra ciudad. Y ahora mírame, yo en harapos, siendo la esposa de un hombre rico. Debo comprar alguno de esos hermosos objetos.

-Querida -contestó el esposo, aún ocupado con su café matinal- no existe razón alguna por la cual tú no vayas al mercado y compres todo lo que tu corazón desee.

- ¡No! -protestó la esposa sorda-. Siempre dices no, no. ¿Es necesario que aparezca en harapos ante nuestros amigos, avergonzando así a tu fama y a mi gente?

-No he dicho que no -dijo el esposo-; puedes ir libremente a la plaza del mercado y comprar la vestimenta más hermosa y las joyas que hayan llegado a nuestra ciudad.

Pero otra vez la esposa equivocó la lectura de sus palabras y replicó:

-De todos los hombres ricos tú eres el más miserable. Me niegas toda belleza y hermosura mientras las otras mujeres de mi edad caminan por los jardines de la ciudad ataviadas con ricos vestidos. -Y comenzó a llorar. Y mientras sus lágrimas caían sobre su pecho gritó otra vez: -Tú siempre me dices no, no, cuando deseo un vestido o una joya.

Entonces el esposo, conmovido, se levantó y sacando de su bolsa un puñado de oro, se lo entregó y con dulzura le dijo:

-Ve al mercado, querida mía, y compra todo lo que desees.

Desde ese día la joven y sorda esposa cada vez que deseaba algo aparecía ante su esposo con una perlada lágrima en los ojos, y él en silencio tomaba un puñado de oro y lo ponía sobre sus faldas. Pero ocurrió que la joven se enamoró de un joven cuyo hábito era realizar largos viajes. Y cuando él partía ella se sentaba a llorar.

Cuando el esposo la hallaba llorando decía en su corazón: "Debe haber llegado una nueva caravana con prendas de seda y joyas raras". Y sacaba otro puñado de oro y se lo entregaba.

LA BÚSQUEDA

Mil años atrás dos filósofos se encontraron en la cuesta del Líbano y uno dijo al otro: -¿Hacia dónde te diriges?

-Busco la fuente de la juventud -respondió el otro- que se halla entre estas colinas. He. encontrado escritos donde cuenta sobre la fuente floreciendo en dirección al sol. Y tú ¿qué buscas?

-Busco el misterio de la muerte -contestó el primero. Entonces cada uno pensó que el otro estaba falto de grandes conocimientos y comenzaron a discutir y a acusarse de ceguera espiritual.

Mientras los filósofos discutían al viento, un extranjero un hombre considerado tonto en su propia ciudad, pasó por allí, y cuando oyó a los hombres en ardiente disputa se detuvo por un momento y escuchó sus argumentos.

Luego acercándose les dijo:

-Mis buenos amigos, realmente ambos pertenecéis a la misma escuela filosófica y habláis sobre lo mismo, sólo que usáis palabras diferentes. Uno de vosotros busca la fuente de la juventud, y el otro el misterio de la muerte. Sólo son una misma cosa y como una habitan ambas en vosotros -y se apartó diciendo: -Hasta siempre, sabios.

Y alejándose se reía con complaciente risa.

Los dos filósofos se miraron en silencio por un momento y luego también ellos rieron. Y uno de los dos dijo:

-Y bien, ¿por qué no caminamos y buscamos juntos?

EL CETRO

Dijo un rey a su esposa: -Señora, tú no eres verdaderamente una reina. Eres demasiado vulgar y poco graciosa para ser mi compañera.

Dijo su esposa: -Señor, tú te consideras rey pero eres solamente un pobre parlanchín.

Estas palabras enfurecieron, al rey y tomó el cetro con sus manos, y golpeó la frente de la reina con el cetro de oro. En ese momento el ayuda de cámara apareció y dijo:

- ¡Está bien, está bien, Su Majestad! Ese cetro fue creado por el más grande artista de la tierra. ¡Ay de mí! Algún día tú y la reina serán olvidados, pero este cetro permanecerá como cosa bella de generación en generación. Y ahora que has extraído sangre de la cabeza de Su Majestad, Señor, el cetro será el más famoso y recordado.

LA SENDA

Una mujer y su hijo vivían entre las colinas; este era su primer y único hijo. El niño murió de una fiebre mientras el médico lo vigilaba.

La madre, destruida por la tristeza, gritó al médico diciendo:

-Dime, dime, ¿qué es lo que hizo aquietar su fortaleza y silenciar su canción?

Y el médico respondió: -Fue la fiebre. Y la madre dijo: -¿Qué es la fiebre?

Y también el médico respondió: -No puedo explicártelo. Es algo infinitamente pequeño que visita el cuerpo y que no podemos ver con nuestros ojos humanos. Luego el médico se fue y ella continuó repitiendo para sí:

-Algo infinitamente pequeño que no podemos ver con nuestros ojos humanos.

Por la tarde el sacerdote llegó para consolarla. Y ella lloró y gritó diciendo:

- ¡Oh! ¿Por qué he perdido a mi hijo, mi único hijo, mi primer hijo? -Y el sacerdote respondió: -Hija mía, es la voluntad de Dios.

-¿Qué es Dios y dónde está Dios? -preguntó entonces la mujer-. Quiero ver a Dios y rasgarme el pecho delante de Él y hacerme brotar sangre de mi corazón a sus pies. Dime dónde encontrarlo.

-Dios es infinitamente grande -contestó el sacerdote-: No puede ser visto con nuestros ojos humanos.

- ¡Lo infinitamente pequeño asesinó a mi hijo por voluntad de lo infinitamente grande! -gritó la mujer-. Dime, ¿qué somos nosotros?

En ese momento entró la madre de la mujer con el sudario para el niño muerto, y oyó las palabras del sacerdote y el llanto de su hija. Deposito el sudario y tomó entre sus manos la mano de su hija y le dijo:

-Hija mía, nosotros mismos somos lo infinitamente pequeño y lo infinitamente grande, y somos la senda entre ambos.

LA BALLENA Y LA MARIPOSA

Una tarde un hombre y una mujer se encontraron dentro de una diligencia. Se habían conocido antes. El hombre era un poeta, y, cuando se hubo sentado junto a la mujer, decidió entretenerla con cuentos, algunos tramados por él y otros que no eran propios. Pero mientras él hablaba la dama se durmió. De pronto la diligencia se sacudió y ella, despertándose, dijo:

-Admiro tu interpretación de la fábula de Jonás y la ballena.

Y el poeta dijo:

- ¡Pero, Señora, os he estado contando una de mis historias sobre una mariposa y una rosa blanca y de cómo se comportaba una con la otra!

PAZ CONTAGIOSA

Una rama en flor dijo a su rama vecina:

-Éste es un día aburrido y vacío.

Y la otra rama respondió:

-Sí, realmente un día vacío y aburrido.

En ese momento un gorrión voló sobre una de las ramas y luego otro se posó muy cerca.

Y uno de los gorriones gorjeando dijo: -Mi compañera me ha abandonado. El otro gorrión lloró:

-Mi compañera también ha partido para no regresar. Pero, ¿qué me importa?

Entonces los dos comenzaron a chillar y regañarse y pronto se hallaron peleando y llenando de desagradables ruidos el aire.

De pronto, otros dos gorriones bajaron del cielo y se sentaron tranquilos junto a los dos inquietos. Y hubo calma y hubo paz. Y los cuatro se alejaron volando juntos en pareja.

-La primera rama dijo a su vecina:

-¡Qué barullo terrible!

-Y la otra rama respondió:

-Llámalo como quieras, ahora todo está pacífico y despejado. Y si los altos 'aires hacen las paces creo que aquellos que habitan en lo bajo deben hacer las paces también. ¿No podrías balancearte con el viento un poco más cerca de mí?

Y la primera rama dijo:

-Oh, quizás en bien de la paz, antes de que la primavera se haya ido, lo haré. Y luego él mismo se balanceó con el fuerte viento para abrazarla.

LA SOMBRA

Cierto día de junio la hierba dijo a la sombra de un olmo:

-Te mueves tan seguido de derecha a izquierda que perturbas mi paz.

-Yo no, yo no -respondió la sombra-. Mira hacia el cielo. Verás un árbol que se mueve por el viento de Este a Oeste entre el Sol y la Tierra.

Y la hierba elevó la mirada y por primera vez observó el árbol. Y dijo. en su corazón:

-¿Por qué, pues, existe una hierba más alta que yo? Luego calló.

SETENTA

El joven poeta dijo a la princesa:

-Te amo.

-Yo también te amo, hijo mío -dijo la princesa.

-Yo no soy tu hijo. Soy un hombre y te amo.

-Soy la madre de hijos e hijas -respondió ella-, y ello; son padres y madres de hijos e hijas; y uno de los hijos de mis hijos es mayor que tú.

El joven poeta protestó: -Pero te amo.

No mucho después la princesa murió. Más, antes de que su último suspiro fuera recibido nuevamente por el gran suspiro de la tierra, ella dijo desde su alma:

-Mi bien amado, mi único hijo, mi joven poeta, llegará el día en que nos encontremos de nuevo y yo no tendré setenta años.

CON DIOS

Dos hombres paseaban por el valle y uno, señalando hacia la montaña, dijo:

-¿Ves esa ermita? Allí vive un hombre que hace ya mucho tiempo se divorció del mundo. Busca a Dios y a nada más sobre la tierra.

-No encontrará a Dios -dijo el otro hombre- hasta que no abandone su ermita y la soledad que lo envuelve, y regrese a nuestro mundo a compartir nuestra alegría y dolor, a bailar con nuestras bailarinas en las fiestas de esponsales, y a llorar junto a aquellos que lloran alrededor del ataúd de nuestros muertos.

Y el otro hombre se convenció en su corazón, mas, pese a ello, respondió:

-Concuerdo con lo que tú dices, mas creo que el ermitaño es un buen hombre. Y ¿no podría ser que un solo buen hombre con su ausencia obrara mayores bienes que la aparente bondad de tantos hombres?

LOS DOS CAZADORES

Cierto día de mayo Alegría y Tristeza se encontraron a orillas de un lago. Saludáronse y se sentaron junto a las tranquilas aguas y conversaron. Alegría habló sobre la belleza que reina sobre la tierra, del cotidiano encanto de la vida en el bosque y entre las colinas, y de las canciones escuchadas al amanecer y al anochecer. Y Tristeza estuvo de acuerdo con todo lo que Alegría había dicho; pues Tristeza conocía la magia de la hora y la belleza de aquellas cosas. Y Tristeza habló con elocuencia cuando se refirió a los campos y a las colinas de mayo. Alegría y Tristeza conversaron un largo rato y estuvieron de acuerdo con todas las cosas que conocían. En ese momento pasaban por la otra orilla dos cazadores. Miraron hacia la otra ribera y uno dijo:

-Me pregunto quiénes son esas dos personas.

Y el otro dijo: -¿Has dicho dos? Yo veo sólo a una.

El primer cazador respondió: -Pero si hay dos.

Y el segundo: -Según veo yo hay una sola, y el reflejo del lago es sólo uno.

-No, hay dos -respondió el primer cazador-. Y el reflejo sobre las aguas tranquilas muestra a dos personas. Pero el segundo repitió: -Sólo veo a una.

Y el otro: -Veo a dos personas, y muy claramente.

Y, aún hoy día, un cazador dice que el otro ve doble; mientras que el otro repite: "Mi amigo es algo ciego".

EL OTRO VAGABUNDO

Una vez encontré a otro hombre en el camino. Él también era un poco loco, y me habló así:

-Soy un vagabundo. Muchas veces parece que caminara por la tierra en medio de pigmeos. Y porque mi cabeza está a setenta pies más lejos de la tierra que las suyas, creo pensamientos más elevados y más libres. "Pero en verdad no camino entre los hombres sino sobre ellos. Y todo lo que pueden ver de mí son mis pisadas en sus campos abiertos. "Y varias veces los escuché discutir sobre la forma y tamaño de mis pisadas. Pues, hay algunos que dicen: `Son las huellas de un mamut que vagara por la tierra tiempo ha.' Y otros dicen: 'No, son lugares donde cayeron meteoros desde las estrellas distantes.' "Pero tú, amigo mío, sabes muy bien que no son nada más que pisadas de un vagabundo.'

FIN

EL PROFETA

Almustafá, el elegido y bienamado, el que era un amanecer en su propio día, había esperado doce años en la ciudad de orfalese la vuelta del barco que debía devolverlo a su isla natal. A los doce años, en el séptimo día de Yeleol, el mes de las cosechas, subió a la colina, más allá de los muros de la ciudad, y contempló él mar. Y vio su barco llegando con la bruma. Se abrieron, entonces, de par en par las puertas de su corazón y su alegría voló sobre el océano. Cerró los ojos y oró en los silencios de su alma. Sin embargo, al descender de la colina, cayó sobre él una profunda tristeza, y pensó así, en su corazón. ¿Cómo podría partir en paz y sin pena? No; no abandonaré esta ciudad sin una herida en el alma. Largos fueron los días de dolor que pasé entre sus muros y largas fueron las noches de soledad y, ¿quién puede separarse sin pena de su soledad y su dolor? Demasiados fragmentos de mi espíritu he esparcido por estas calles y son muchos los hijos de mi anhelo que marchan desnudos entre las colinas. No puedo abandonarlos sin aflicción y sin pena. No es una túnica la que me quito hoy, sino mi propia piel, que desgarro con mis propias manos. Y no es un pensamiento el que dejo, sino un corazón, endulzado por el hambre y la sed. Pero, no puedo detenerme más. El mar, que llama todas las cosas a su seno, me llama y debo embarcarme. Porque el quedarse, aunque las horas ardan en la noche, es congelarse y cristalizarse y ser ceñido por un molde. Desearía llevar conmigo todo lo de aquí, pero, ¿cómo lo haré? Una voz no puede llevarse la lengua y los labios que le dieron alas. Sola debe buscar el éter. Y sola, sin su nido, volará el águila cruzando el sol. Entonces, cuando llegó al pie de la colina, miró al mar otra vez y vio a su barco acercándose al puerto y, sobre la proa, los marineros, los hombres de su propia tierra. Y su alma los llamó, diciendo:

Hijos de mi anciana madre, jinetes de las mareas; ¡cuántas veces habéis surcado mis sueños! Y ahora llegáis en mi vigilia, que es mi sueño más profundo. Estoy listo a partir y mis ansias, con las velas desplegadas,, esperan el viento. Respiraré otra vez más este aire calmo, contemplaré otra vez tan sólo hacia atrás, amorosamente. Y luego estaré con vosotros, marino entre marinos. Y tú, inmenso mar, madre sin sueño. Tú que eres la paz y la libertad para el río y el arroyo. Permite un rodeo más a esta corriente, un murmullo más a esta cañada. Y luego iré hacia ti, como gota sin límites a un océano sin límites.

Y, caminando, vio a lo lejos cómo hombres abandonaban sus campos y sus viñas y se encaminaban apresuradamente hacia las puertas de la ciudad. Y oyó sus voces llamando su nombre y gritando de lugar a lugar, contándose el uno al otro de la llegada de su barco. Y se dijo a sí mismo:

¿Será el día de la partida el día del encuentro? ¿Y será mi crepúsculo, realmente, mi amanecer? ¿Y, qué daré a aquel que dejó su arado en la mitad del surco, o a aquel que ha detenido la rueda de su lagar? ¿Se convertirá mi corazón en un árbol cargado de frutos que yo recoja para entregárselos? ¿Fluirán mis deseos como una fuente para llenar sus copas? ¿Será un arpa bajo los dedos del Poderoso o una flauta a través de la cual pase su aliento? Buscador de silencios soy ¿qué tesoros he hallado en ellos que pueda ofrecer confiadamente? Si es este mi día de cosecha ¿en qué campos sembré la semilla y en qué estaciones, sin memoria? Si esta es, en verdad, la hora en que levante mi lámpara, no es mi llama la que arderá en ella. Oscura y vacía levantaré mi lámpara. Y el guardián de la noche la llenará de aceite y la encenderá.

En palabras decía estas cosas. Pero mucho quedaba sin decir en su corazón. Porque él no podía expresar, su más profundo secreto. Y, cuando entró en la ciudad, toda la gente vino a él, llamándolo a voces. Y los viejos se adelantaron y dijeron: No nos dejes. Has sido un mediodía en nuestros crepúsculos y tu juventud nos ha dado motivos para soñar. No eres un extraño entre nosotros; no eres un huésped, sino nuestro hijo bienamado. Que no sufran aún nuestros ojos el hambre de su rostro.

Y los sacerdotes y las sacerdotisas le dijeron: No dejes que las olas del mar nos separen ahora, ni que los años que has pasado aquí se conviertan en un recuerdo. Has caminado como un espíritu entre nosotros y tu sombra ha sido una luz sobre nuestros rostros. Te hemos amado mucho. Nuestro amor no tuvo palabras y con velos ha estado cubierto. Pero ahora clama en alta voz por ti y ante ti se descubre. Siempre ha sido verdad que él amor no conoce su hondura hasta la hora de la separación.

Y vinieron otros también a suplicarle. Pero él no les respondió. Inclinó la cabeza y aquellos que estaban a su lado vieron cómo las lágrimas caían sobre su pecho. El y la gente se dirigieron, entonces, hacia la gran plaza ante el templo. Y salió del santuario una mujer llamada Almitra. Era una profetisa. Y él la miró con enorme ternura, porque fue la primera que lo buscó y creyó en él cuando tan sólo había estado un día en la ciudad. Y ella lo saludó, diciendo:

Profeta de Dios, buscador de lo supremo; largamente has escudriñado las distancias buscando tu barco. Y ahora tu barco ha llegado y debes irte. Profundo es tu anhelo por la tierra de tus recuerdos y por el lugar de tus mayores deseos y nuestro amor no te atará, ni nuestras necesidades detendrán tu paso. Pero sí te pedimos que antes de que nos dejes, nos hables y nos des tu verdad. Y nosotros la daremos a nuestros hijos y a los hijos de nuestros hijos, y así no perecerá. En tu soledad has velado durante nuestros días y en tu vigilia has sido el llanto y la risa de nuestro sueño. Descúbrenos ahora ante nosotros mismos y dinos todo lo que existe entre el nacimiento y la muerte, como te ha sido mostrado. Y él respondió:

Pueblo de Orfalese ¿de qué puedo yo hablar sino de lo que aún ahora se agita en vuestras almas?

El Amor

Dijo Almitra: Háblanos del Amor.

Y él levantó la cabeza, miró a la gente y una quietud descendió sobre todos. Entonces, dijo con gran voz:

Cuando el amor os llame, seguidlo. Y cuando su camino sea duro y difícil. Y cuando sus alas os envuelvan, entregaos. Aunque la espada entre ellas escondida os hiriera. Y cuando os hable, creed en él. Aunque su voz destroce nuestros sueños, tal como el viento norte devasta los jardines. Porque, así como el amor os corona, así os crucifica. Así como os acrece, así os poda. Así como asciende a lo más alto y acaricia vuestras más tiernas ramas, que se estremecen bajo el sol, así descenderá hasta vuestras raíces y las sacudirá en un abrazo con la tierra. Como trigo en gavillas él os une a vosotros mismos. Os desgarra para desnudaros. Os cierne, para libraros de vuestras coberturas. Os pulveriza hasta volveros blancos. Os amasa, hasta que estéis flexibles y dóciles. Y os asigna luego a su fuego sagrado, para que podáis convertiros en sagrado pan para la fiesta sagrada de Dios. Todo esto hará el amor en vosotros para que podáis conocer los secretos de vuestro corazón y convertiros, por ese conocimiento, en un fragmento del corazón de la

Vida. Pero si, en vuestro miedo, buscareis solamente la paz y el placer del amor, entonces, es mejor que cubráis vuestra desnudez y os alejéis de sus umbrales. Hacia un mundo sin primaveras donde reiréis, pero no con toda vuestra risa, y lloraréis, pero no con todas vuestras lágrimas. El amor no da nada más a sí mismo y no toma nada más que de sí mismo. El amor no posee ni es poseído. Porque el amor es suficiente para el amor. Cuando améis no debéis decir: "Dios está en mi corazón", sino más bien: "Yo estoy en el corazón de Dios." Y pensad que no podéis dirigir el curso del amor porque él si os encuentra dignos, dirigirá vuestro curso. El amor no tiene otro deseo que el de realizarse. Pero, si amáis y debe la necesidad tener deseos, que vuestros deseos sean éstos: Fundirse y ser como un arroyo que canta su melodía a la noche. Saber del dolor de la demasiada ternura. Ser herido por nuestro propio conocimiento del amor. Y sangrar voluntaria y alegremente. Despertarse al amanecer con un alado corazón y dar gracias por otro día de amor. Descansar al mediodía y meditar el éxtasis de amar. Volver al hogar con gratitud en el atardecer. Y dormir con una plegaria por el amado en el corazón y una canción de alabanza en los labios.

El Matrimonio

Entonces, Almitra habló otra vez: ¿Qué nos diréis sobre el Matrimonio, Maestro?
Y él respondió, diciendo:

Nacisteis juntos y juntos para siempre. Estaréis juntos cuando las alas blancas de la muerte esparzan vuestros días. Sí; estaréis juntos aun en la memoria silenciosa de Dios. Pero dejad que haya espacios en vuestra cercanía. Y dejad que los vientos del cielo dancen entre vosotros. Amaos el uno al otro, pero no hagáis del amor una atadura. Que sea, más bien, un mar movible entre las costas de vuestras almas. Llenaos uno al otro vuestras copas, pero no bebáis de una sola copa. Daos el uno al otro de vuestro pan, pero no comáis del mismo trozo. Cantad y bailad juntos y estad alegres, pero que cada uno de vosotros sea independiente. Las cuerdas de un laúd están solas, aunque tiemblen con la misma música. Dad vuestro corazón, pero no para que vuestro compañero lo tenga. Porque sólo la mano de la Vida puede contener los corazones. Y estad juntos, pero no demasiado juntos. Porque los pilares del templo están aparte. Y, ni el roble crece bajo la sombra del ciprés ni el ciprés bajo la del roble.

Los niños

Y una mujer que sostenía un niño contra su seno pidió: Háblanos de los niños.
Y él dijo:
Vuestros hijos no son hijos vuestros. Son los hijos y las hijas de la Vida, deseosa de sí misma. Vienen a través vuestro, pero no vienen de vosotros. Y, aunque están con vosotros, no os pertenecen. Podéis darles vuestro amor, pero no vuestros pen-

samientos. Porque ellos tienen sus propios pensamientos. Podéis albergar sus cuerpos, pero no sus almas. Porque sus almas habitan en la casa del mañana que vosotros no podéis visitar, ni siquiera en sueños. Podéis esforzaros en ser como ellos, pero no busquéis el hacerlos como vosotros. Porque la vida no retrocede ni se entretiene con el ayer. Vosotros sois el arco desde el que vuestros hijos, como flechas vivientes, son impulsados hacia delante. El Arquero ve el blanco en la senda del infinito y os doblega con Su poder para que Su flecha vaya veloz y lejana. Dejad, alegremente, que la mano del Arquero os doblegue. Porque, así como El ama la flecha que vuela, así ama también el arco, que es estable.

El dar

Entonces, un hombre rico dijo: Háblanos del dar.
Y él contestó:
Dais muy poca cosa cuando dais de lo que poseéis. Cuando dais algo de vosotros mismos es cuando realmente dais. ¿Qué son vuestras posesiones sino cosas que atesoráis por miedo a necesitarlas mañana? Y mañana, ¿qué traerá el mañana al perro que, demasiado previsor, entierra huesos en la arena sin huellas mientras sigue a los peregrinos hacia la ciudad santa? ¿Y qué es el miedo a la necesidad sino la necesidad misma? ¿No es, en realidad, el miedo a la sed, cuando el manantial está lleno, la sed inextinguible? Hay quienes dan poco de lo mucho que tienen y lo dan buscando el reconoci-

miento y su deseo oculto malogra sus regalos. Y hay quienes tienen poco y lo dan todo. Son éstos los creyentes en la vida y en la magnificencia de la vida y su cofre nunca está vacío. Hay quienes dan con alegría y esa alegría es su premio. Y hay quienes dan con dolor y ese dolor es su bautismo. Y hay quienes dan y no saben del dolor de dar, ni buscan la alegría de dar, ni dan conscientes de la virtud de dar.

Dan como, en el hondo valle, da el mirto su fragancia al espacio. A través de las manos de los que como esos son, Dios habla y, desde el fondo de sus ojos, Él sonríe sobre la tierra. Es bueno dar algo cuando ha sido pedido, pero es mejor dar sin demanda, comprendiendo. Y, para la mano abierta, la búsqueda de aquel que recibirá es mayor goce que el dar mismo. ¿Y hay algo, acaso, que podáis guardar? Todo lo que tenéis será dado algún día. Dad, pues, ahora que la estación de dar es vuestra y no de vuestros herederos. Decís a menudo: "Daría, pero sólo al que lo mereciera." Los árboles en vuestro huerto no dicen así, ni lo dicen los rebaños en vuestra pradera. Ellos dan para vivir, ya que guardar es perecer. Todo aquel que merece recibir sus días y sus noches, merece, seguramente, de vosotros todo lo demás. Y aquel que mereció beber el océano de la vida, merece llenar su copa en vuestro pequeño arroyo. ¿Y cuál será mérito mayor que el de aquel que da el valor y la confianza - no la caridad- del recibir? ¿Y quiénes sois vosotros para que los hombres os muestren su seno y os descubran su orgullo para que así veáis sus merecimientos desnudos y su orgullo sin confusión? Mirad primero si vosotros mismos merecéis dar y ser un instrumento del dar. Porque, a la verdad, es la vida la que da a la vida, mientras que vosotros, que os creéis dadores, no sois sino testigos. Y vosotros, los que recibís -y todos vosotros sois de ellos- no asumáis el peso de la gratitud, si no queréis colocar un yugo sobre vosotros y sobre quien os da. Elevaos, más bien, con el dador en su dar como en unas alas. Porque exagerar vuestra deuda es dudar de su generosidad, que tiene el libre corazón de la tierra como madre y a Dios como padre.

El comer y el beber

Entonces, un viejo que tenía una posada dijo: Háblanos del comer y del beber.

Y él respondió:

Ojalá pudierais vivir de la fragancia de la tierra y, como planta del aire, ser alimentados por la luz. Pero, ya que debéis matar para comer y robar al recién nacido la leche de su madre para apagar vuestra sed, haced de ello un acto de adoración. Y haced que vuestra mesa sea un altar en el que lo puro y lo inocente, el buque y la pradera sean sacrificados a aquello que es más puro y aún inocente que el hombre. Cuando matéis un animal, decidle en vuestro corazón: "El mismo poder que te sacrifica, me sacrifica también; yo seré también destruido. La misma ley que te entrega en mis manos me entregará a mí en manos más poderosas. Tu sangre y mi sangre no son otra cosa que la savia que alimenta el árbol del cielo." Y, cuando mordáis una manzana, decidle en vuestro corazón: "Tus semillas vivirán en mi cuerpo. Y los botones de tu mañana florecerán en mi corazón. Y tu fragancia será mi aliento. Y gozaremos juntos a través de todas las estaciones." Y, en el otoño, cuando reunáis las uvas de vuestras vides para el lagar, decid en vuestro corazón: "Yo soy también una vid y mi fruto será llevado al lagar. Y, como vino nuevo será guardado en vasos eternos." Y, en el invierno, cuando sorbáis el vino, que haya en vuestro corazón un canto para cada copa. Y que haya en ese canto un recuerdo para los días otoñales y para la vid y para el lagar.

El trabajo

Entonces, dijo el labrador: Háblanos del trabajo.
Y él respondió, diciendo:
Trabajáis para seguir el ritmo de la tierra y del alma de la tierra. Porque estar ocioso es convertirse en un extraño en medio de las estaciones -y salirse de la procesión de la vida, que marcha en amistad y sumisión orgullosa hacia el infinito. Cuando trabajáis, sois una flauta a través de cuyo corazón el murmullo de las horas se convierte en música. ¿Cuál de vosotros querrá ser una caña silenciosa y muda cuando todo canta al unísono? Se os ha dicho siempre que el trabajo es una maldición y la labor una desgracia. Pero yo os digo que, cuando trabajáis, realizáis una parte del más le-

jano sueño de la tierra, asignada a vosotros cuando ese sueño fue nacido. Y, trabajando, estáis, en realidad, amando a la vida. Y amarla, a través del trabajo, es estar muy cerca del más recóndito secreto de la vida. Pero si, en vuestro dolor, llamáis al nacer una aflicción y al soportar la carne una maldición escrita en vuestra frente, yo os responderé que nada más que el sudor de vuestra frente lavará lo que está escrito. Se os ha dicho también que la vida es oscuridad y, en vuestra fatiga, os hacéis eco de la voz del fatigado. Y yo os digo que la vida es, en verdad, oscuridad cuando no hay un impulso. Y todo impulso es ciego cuando no hay conocimiento. Y todo saber es vano cuando no hay trabajo. Y todo trabajo es vacío cuando no hay amor. Y cuando trabajáis con amor, os unís con vosotros mismos, y con los otros, y con Dios. ¿Y qué es trabajar con amor? Es tejer la tela con hilos extraídos de vuestro corazón como si vuestro amado fuera a usar esa tela. Es construir una casa con afecto, como si vuestro amado fuera a habitar en ella. Es plantar semillas con ternura y cosechar con gozo, como si vuestro amado fuera a gozar del fruto. Es infundir en todas las cosas que hacéis el -aliento de vuestro propio espíritu. Y saber que todos los muertos benditos se hallan ante vosotros observando. He oído a menudo decir, como si fuera en sueños: "El que trabaja en mármol y encuentra la forma de su propia alma en la piedra es más noble que el que labra la tierra." "Aquel que se apodera del arco iris para colocarlo en una tela transformada en la imagen de un hombre es más que el que hace las sandalias para nuestros pies." Pero, yo digo, no en sueños, sino en la vigilia del mediodía, que el viento no habla más dulcemente a los robles gigantes que a la menor de las hojas de la hierba. Y solamente es grande el que cambia la voz del viento en una canción, hecha más dulce por su propio amor. El trabajo es el amor hecho visible. Y si no podéis trabajar con amor, sino solamente con disgusto, es mejor que dejéis vuestra tarea y os sentéis a la puerta del templo y recibáis limosna de los que trabajan gozosamente. Porque, si horneáis el pan con indiferencia estáis horneando un pan amargo que no calma más que a medias el hambre del hombre. Y si refunfuñáis al apretar las uvas, vuestro murmurar destila un veneno en el vino. Y si cantáis, aunque fuera como los ángeles, y no amáis el cantar, estáis ensordeciendo los oídos de los hombres para las voces del día y las voces de la noche.

La Alegría y el Dolor

Entonces, dijo una mujer: Háblanos de la Alegría y del Dolor.
Y él respondió:
Vuestra alegría es vuestro dolor sin máscara. Y la misma fuente de donde brota vuestra risa fue muchas veces llenada con vuestras lágrimas. Y ¿cómo puede ser de otro modo? Mientras más profundo cave el dolor en vuestro corazón, más alegría podréis contener. ¿No es la copa que guarda vuestro

vino la misma copa que estuvo fundiéndose en el horno del alfarero? ¿Y' no es el laúd que apacigua vuestro espíritu la misma madera que fue tallada con cuchillos?

Cuando estéis contentos, mirad en el fondo de vuestro corazón y encontraréis que es solamente lo que, os produjo dolor, lo que os da alegría. Cuando estéis tristes, mirad de nuevo en vuestro corazón y veréis que estáis llorando, en verdad, por lo que fue vuestro deleite. Algunos de vosotros decís: "La alegría es superior al dolor" y otros: "No, el dolor es más grande." Pero yo os digo que son inseparables. Vienen juntos y, cuando uno de ellos se sienta con vosotros a vuestra mesa, recordad que el otro está durmiendo en vuestro lecho. En verdad, estáis suspensos, como fiel de balanza, entre vuestra alegría y vuestro dolor. Sólo cuando vacíos estáis quietos y equilibrados. Cuando el tesorero os levanta para pesar su oro y su plata, es necesario que vuestra alegría o vuestro dolor suban o bajen.

Las Casas

Un albañil, entonces, se adelantó y dijo: Háblanos de las Casas.

Y él respondió, diciendo:

Levantad con vuestra imaginación una enramada en el bosque antes que una casa dentro de las murallas de la ciudad. Porque, así como tendréis huéspedes en vuestro crepúsculo, así el peregrino en vosotros tenderá siempre. Hacia la distancia y la soledad. Vuestra casa es vuestro cuerpo grande. Crece en el sol y duerme en la quietud de la noche, y sueña. ¿No es cierto que sueña? ¿Y que, al soñar, deja la ciudad por el bosque o la colina? ¡Cómo pudiera juntar vuestras casas en mi mano y, como un sembrador, esparcirlas por el bosque y la pradera! Los valles serían vuestras calles y los senderos verdes las alamedas y os buscaríais el uno al otro a través de los viñedos, para volver con la fragancia de la tierra en las vestiduras. Pero todo eso no puede ser aún. En su miedo, vuestros antecesores os pusieron demasiado juntos. Y ese miedo durará aún un poco. Por un tiempo aún los muros de vuestra ciudad separarán vuestro corazón de vuestros campos. Y, decidme, pueblo de Orfalese, ¿qué tenéis en esas casas? ¿Y qué guardáis con puertas y candados? ¿Tenéis paz, el quieto empuje que revela vuestro poder? ¿Tenéis remembranzas, los arcos lucientes que unen las cumbres del espíritu? ¿Tenéis belleza que guía el corazón desde las casas de madera y piedra hechas, hasta la montaña sagrada? Decidme, ¿las tenéis en vuestras casas? ¿O tenéis solamente comodidad y el ansia de comodidad, esa cosa furtiva que entra a una casa como un huésped y luego se convierte en dueño y después en amo y señor? ¡Ay! y termina siendo un domador y, con látigo y garfio juega con vuestros mayores deseos. Aunque sus manos sean sedosas, su corazón es férreo. Aún vuestro sueño solamente para colocarse al lado de vuestro lecho y escarnecer la dignidad del cuerpo. Hace mofa de vuestros sentidos y los echa en el cardal como frágiles vasos. En verdad os digo que el ansia de comodidad mata la pasión del alma y luego camina haciendo muecas hacia el funeral. Pero vosotros, criaturas del espacio, vosotros, inquietos en la quietud, no seréis atrapados o domados. Vuestra casa no será un ancla, sino un mástil. No será la cinta brillante que cubre una herida, sino el párpado que protege el ojo. No plegaréis vuestras alas para poder pasar por sus puertas, ni agacharéis la cabeza para que no toque su techo, ni temeréis respirar por miedo a que sus paredes se rajen o derrumben. No viviréis en tumbas hechas por los muertos para los vivos y, aunque magnificente y esplendorosa, vuestra casa no se adueñará de vuestro secreto, ni encerará vuestro anhelo. Porque lo que en vosotros es ilimitado habita en la mansión del cielo, cuya puerta es la niebla de la mañana, y cuyas ventanas son las canciones y los silencios de la noche.

El Vestir

Y un tejedor dijo: Háblanos del vestir.
Y él respondió, diciendo:
Vuestra ropa esconde mucho de vuestra belleza y, sin embargo, no cubre lo que no es bello. Y aunque buscáis en el vestir el sentiros libres en vuestra intimidad, podéis hallar en él un arnés y una cadena. ¡Cómo pudierais enfrentar al sol y al viento con más de vuestra piel y menos de vuestro ropaje! Porque el aliento de la vida está en la luz del sol y 'la mano de la vida en el viento. Algunos de voso-

tros decís: "Es el viento del norte el que ha tejido las ropas que usamos." Y yo digo: ¡Ay! Fue el viento del norte. Pero fue la vergüenza su telar y la debilidad de carácter dio sus hilos. Y, cuando terminó su trabajo, rió en el bosque. No os olvidéis que el pudor no es protección contra los ojos del impuro. Y, cuando el impuro no exista más ¿qué será el pudor sino los grillos y la impureza de la mente? Y no olvidéis que la tierra goza al sentir vuestros pies desnudos y los vientos anhelan jugar con vuestros cabellos.

El Comprar y el Vender

Y un mercader dijo: Háblanos del Comprar y el Vender.

Y él respondió:

La tierra os entrega sus frutos y vosotros no conoceréis necesidad si sabéis solamente cómo llenaros las manos. Es en el intercambio de los dones de la tierra donde encontraréis abundancia y seréis satisfechos. Pero, a menos que ese intercambio sea hecho con amor y bondadosa justicia, llevará a algunos a la codicia y a otros al hambre. Cuando, en el mercado, vosotros, trabajadores del mar y los campos y los viñedos, encontréis a los tejedores y alfareros y vendedores de especies, invocad al espíritu guía de la tierra para que vaya en medio de vosotros y santifique las medidas y para que pese al valor de acuerdo con el valor. Y no permitáis que el de las manos estériles, el que quiere venderos sus palabras al precio de vuestra labor, intervenga en vuestras transacciones. A ese hombre deberéis decirle: "Ven con nosotros a los campos o ve con nuestros hermanos a la mar y arroja tu red: Que la tierra y el mar serán espléndidos para ti como lo son para nosotros." Y, si vienen los cantores y los bailarines y los tañedores de caramillo, comprad de sus dones. Porque ellos son también cosechadores de frutos e incienso y lo que ellos traen, aunque hecho de sueño, es ropaje y alimento para vuestro espíritu. Y, antes de abandonar el mercado, ved que nadie se marche con las manos vacías. Porque el espíritu señor de la tierra no dormirá en paz sobre los vientos hasta que las necesidades del 'ultimo de vosotros sean satisfechas.

El Crimen y el Castigo

Entonces, uno de los jueces de la ciudad se adelantó y dijo: Háblanos del Crimen y el Castigo.
Y él respondió, diciendo:
Es cuando vuestro espíritu va vagando en el viento. Que vosotros, solos y sin guarda, cometéis una falta para con los demás y, por lo tanto, para con vosotros mismos. Y, por tal falta cometida, debéis llamar a la puerta del bienaventurado y esperar por un momento. Como el océano es vuestro dios personal. No conoce los caminos del topo ni busca los agujeros de la serpiente. Pero vuestro dios personal no habita sólo en vuestro ser; mucho en vosotros es aún hombre, y mucho en vosotros no es hombre todavía, sino un pigmeo in-

forme que camina dormido en la niebla, en busca de su propio despertar. Y del hombre en vosotros quiero yo hablar ahora. Porque es él y no vuestro dios personal ni el pigmeo en la niebla el que conoce el crimen y el castigo del crimen. A menudo os he oído hablar de aquel que comete una falta como si no fuera uno de vosotros, sino un extraño y un intruso en vuestro mundo. Pero yo os digo que, así como el santo y el justo no pueden elevarse más allá de lo más alto que existe en cada uno de vosotros. Así el débil y el malvado no pueden caer más bajo que lo más bajo que está también en vosotros. Y, así como una sola hoja no se vuelve amarilla sino con el silencioso conocimiento del árbol todo. Así, el que falta no puede hacerlo sin la voluntad oculta de todos vosotros. Como una procesión marcháis juntos hacia vuestro dios personal. Sois el camino y sois los caminantes. Y, cuando uno de vosotros cae, cae para que los que le siguen no: tropiecen en la misma piedra. ¡Ay! Y cae por los que le precedieron, por aquellos que, siendo de paso más rápido y seguro, no removieron, sin embargo, la piedra del camino. Y esto aún, aunque las palabras pesen duramente sobre vuestros corazones: El asesinado no es irresponsable de su propia muerte. Y el robado no es libre de culpa al ser robado. El justo no es inocente de los hechos del malvado. Y el de las manos blancas no está limpio de lo que el Felón hace. Sí; el reo es, muchas veces, la víctima del injuriado. Y, aún más a menudo, el condenado es el que lleva la carga del sin culpa. No podéis separar el justo del injusto ni el bueno del malvado. Porque ellos se hallan juntos ante la faz del sol, así como el hilo blanco y el negro están tejidos juntos. Y, cuando el hilo negro se rompe, el tejedor debe examinar toda la tela y examinar también el telar. Si alguno de vosotros trajera a juicio a la mujer infiel, haced que pesen también el corazón de su marido en la balanza y midan su alma con medidas. Y haced que aquél que azotaría al ofensor mire en el espíritu del ofendido. Y, si alguno de vosotros castigara en nombre de la justicia y descargara el hacha en el árbol malo, haced que mire las raíces. Y encontrará, en verdad, las raíces de lo bueno y lo malo, lo fructífero y lo estéril juntos y entrelazados en el silente corazón de la tierra.

Y, vosotros, jueces, que debéis ser justos, ¿Qué juicio pronunciaríais sobre aquél que, aunque honesto en la carne, fuera un ladrón en espíritu? ¿Qué pena impondríais al que destruye la carne y es, él mismo destruido en el espíritu? Y ¿cómo juzgaríais a aquel que es, en acción, un opresor y un falso Pero que es, sin embargo, también agraviado y ultrajado? ¿Y cómo castigaríais a aquéllos cuyo remordimiento es ya mayor que su falta? ¿No es el remordimiento -la justicia administrada por la ley misma que desearíais servir? Sin embargo, no podréis cargar al inocente de remordimiento, ni librar de él el corazón del culpable. Vendrá el remordimiento espontáneamente en la noche para que los hombres se despierten y se contemplen a ellos mismos. Y vosotros, que pretendéis entender de justicia, ¿cómo podréis hacerlo si no miráis todos los hechos en la plenitud de la luz? Sólo así sabréis que el erecto y el caído no son sino un solo hombre, de pie en el crepúsculo, entre la noche de su yo pigmeo y el día de su dios personal. Y que la coronación del templo no es más alta que la piedra más baja de sus cimientos.

Las Leyes

Dijo, entonces, un abogado. Pero, ¿qué nos decís de nuestras Leyes, maestro?

Y él respondió:

Os deleitáis dictando leyes. Y, no obstante, gozáis más violándolas. Como los niños que juegan a la orilla del océano y levantan, con constancia, torres de arena y, con risas, las destruyen luego. Pero, mientras construís vuestras torres, el océano trae más arena a la playa. Y, cuando las destruís, el océano ríe con vosotros. En verdad, el océano. Ríe siempre con el inocente. Pero, ¿aquellos para quienes la vida no es un océano y las leyes de los hombres no son castillos de arena. Sino para quienes la vida es una roca y la ley un cincel con el que la tallarían a su gusto? ¿Qué del lisiado que odia a los que danzan? ¿Qué del buey que ama su yugo y juzga al alce y al ciervo del bosque como descarriados y vagabundos? ¿Y la vieja serpiente que no puede librarse de su piel y llama a todos los demás desnudos y desvergonzados? ¿Y de aquél que llegó temprano a la fiesta de bodas y, cuando está cansado y harto, se aleja diciendo que todas las fiestas son inmorales y los concurrentes violadores de la ley? ¿Qué diré de ellos sino que están también a la luz del sol, pero dando al sol la espalda? Ven sólo sus sombras y sus sombras son sus leyes. ¿Y qué es el sol para ellos, sino algo que produce sombras? .¿Y qué es el reconocer las leyes, sino el encorvarse y rastrear sus sombras sobre la tierra? Pero a vosotros, que camináis mirando al sol, ¿qué imágenes dibujadas en la tierra pueden conteneros? Y si vosotros viajáis con el viento, ¿qué veleta dirigirá vuestro andar? ¿Qué ley humana os atará si rompéis vuestro yugo lejos de la puerta de las prisiones de los hombres? ¿Y quién es el que os llevará a juicio si desgarráis vuestro vestido, pero no lo dejáis en el camino? Pueblo de Orfalese, podéis cubrir el tambor y podéis aflojar las cuerdas de la lira, pero ¿quién ordenará a la alondra del cielo que no cante?

La Libertad

Y un orador dijo: Háblanos de la Libertad.
Y él respondió:
A las puertas de la ciudad y a la lumbre de vuestro hogar yo os he visto postraros y adorar vuestra propia libertad. Así como los esclavos se humillan ante un tirano y lo alaban aun cuando los mata. ¡Ay! En el jardín del templo y a la sombra de la ciudadela he visto a los más libres de vosotros usar su libertad como un yugo y un dogal. Y mi corazón sangró en mi pecho porque sólo podéis ser libres

cuando aíro el deseo de perseguir la libertad sea un arnés para vosotros y cuando dejéis de hablar de la libertad como una meta y una realización. Seréis, en verdad, libres, no cuando vuestros días estén libres de cuidado ni vuestras noches de necesidad y pena. Sino, más bien, cuando esas cosas rodeen vuestra vida y, sin embargo, os elevéis sobre ellas desnudos y sin ataduras. Y, ¿cómo os elevaréis más allá de vuestros días y vuestras noches a menos que rompáis las cadenas que, en el amanecer de vuestro entendimiento, atasteis alrededor de vuestro mediodía? En verdad, eso que llamáis libertad es la más fuerte de esas cadenas, a pesar de que sus eslabones brillen al sol y deslumbren vuestros ojos. ¿Y qué sino fragmentos de vuestro propio yo desecharéis para poder ser libres? Si es una ley injusta la que deseáis abolir, esa ley fue escrita con vuestra propia mano sobre vuestra propia frente. No podéis borrarla quemando vuestros Códigos ni lavando la frente de vuestros jueces, aunque vaciéis el mar sobre ella. Y, si es un déspota el que queréis destronar, ved primero que su trono, erigido dentro de vosotros, sea destruido. Porque, ¿cómo puede un tirano mandar a los libres y a los dignos sino a través de una tiranía en su propia libertad y una vergüenza en su propio orgullo? Y si es una pena lo que queréis desechar, esa pena fue escogida por vosotros más que impuesta a vosotros. Y si es un miedo el que queréis disipar, la sede de ese miedo está en vuestro corazón y no en la mano del ser temido, En verdad, todas las cosas se mueven en vosotros   zumo luces y sombras apareadas. Y, cuando la sombra se desvanece y no existe más, la luz que queda se convierte en sombra en otra luz. Y, así, vuestra libertad, cuando pierde sus grillos, se convierte ella misma en el grillo de una libertad mayor.

La Razón y la Pasión

Y la sacerdotisa habló de nuevo: Háblanos de la Razón y la Pasión.

Y él respondió, diciendo:

Vuestra alma es, a veces, un campo de batalla sobre el que vuestra razón y vuestro juicio combaten contra vuestra pasión y vuestro apetito. Desearía poder ser el pacificador de vuestra alma y cambiar la discordia y la rivalidad de vuestros elementos en 'unidad y melodía. Pero, ¿cómo lo haré a menos que vosotros mismos seáis también los pacificadores, no, los amigos, de todos vuestros elementos? Vuestra razón y vuestra pasión son el timón y las velas de vuestra alma viajera. Si vuestras velas o vuestro timón se rompieran, no podríais más que agitaros e ir a la deriva o permanecer inmóviles en medio del mar. Porque la razón, gobernando sola, es una fuerza limitadora y la pasión, desgobernada, es una llama que se quema hasta su propia destrucción. Por, lo tanto, haced que vuestra alma exalte a vuestra razón a la altura de la pasión, para que cante. Y dirigid vuestra pasión con el razonamiento, para. que ella pueda vivir a través de su diaria resurrección y, como el ave fénix, se eleve de sus propias cenizas. Desearía que consideraseis vuestro propio juicio y vuestro apetito como dos queridos huéspedes. No honraríais, con seguridad, a uno más que al otro; porque quien es más atento con uno de ellos pierde el amor y la fe de ambos. Entre las colinas, cuando os sentéis a la sombra fresca de los álamos, compartiendo la paz y la serenidad de los campos y praderas distantes, dejad que vuestro corazón diga en silencio: "Dios descansa en la razón." Y, cuando llegue la tormenta y el viento poderoso sacuda el bosque y los truenos y relámpagos proclamen la majestad del cielo, dejad a vuestro corazón decir sobrecogido: "Dios se mueve en la pasión." Y, ya que sois un soplo en la esfera de Dios y una hoja en el bosque de Dios, deberíais descansar en la razón y moveros en la pasión.

El Dolor

Y una mujer pidió: Háblanos del Dolor.
Y él dijo: Vuestro dolor es la ruptura de la celda que encierra vuestra comprensión. Así como la semilla de la fruta debe romperse para que su corazón se muestre al sol, así debéis vosotros conocer el dolor. Y, si pudierais mantener vuestro corazón maravillado ante los diarios milagros de la vida, vuestro dolor no os pareciera menos prodigioso que vuestra alegría. Y aceptaríais las estaciones de vuestro corazón así como habéis aceptado siempre las estaciones que pasan sobre vuestros campos. Y esperaríais con serenidad a través de

los inviernos de vuestra pena. Mucho de vuestro dolor es elegido por vosotros mismos. Es la porción amarga con la que el médico que hay dentro de vosotros cura vuestro ser enfermo. Por tanto, confiad en el médico, y bebed el remedio en silencio y tranquilidad; Porque su mano, aunque dura y pesada, guiada está por la tierna mano del Invisible. Y el vaso con que brinda, aunque queme vuestros labios, ha sido moldeado de la arcilla que el Alfarero ha humedecido con sus propias lágrimas sagradas.

El Conocimiento

Y un hombre dijo, entonces: Háblanos del Conocimiento propio.

Y él respondió: Vuestros corazones saben, en silencio, los secretos de los días y las noches. Pero vuestros oídos padecen por el sonido del conocimiento de vuestro corazón. Querríais saber, en palabras, lo que siempre supisteis en pensamiento; Querríais tocar con vuestras manos el cuerpo desnudo de vuestros sueños. Y es bueno que lo hicierais. El manantial escondido de vuestra alma necesita brotar y correr murmurando hacia el mar; Y el tesoro de vuestros infinitos arcanos sería revelado a vuestros ojos. Pero no pongáis balanzas para pesar vuestro tesoro desconocido. Y no registréis los arcanos de vuestro conocimiento con palos ni sondas. Porque el yo es un mar inconmensurable. No digáis: "He hallado la verdad" sino más bien. "He hallado una verdad". No digáis: "He encontrado el alma caminando en mi senda." Porque el alma camina sobre todas las sendas. El alma no camina en línea recta, ni crece como un bambú. El alma se despliega como un loto de innumerables pétalos.

El Enseñar

Dijo, entonces, un maestro: Háblanos del Enseñar. Y él respondió: Nadie puede revelarnos más de lo que reposa ya dormido a medias en el alba de nuestro conocimiento. El maestro que camina a la sombra del templo, en medio de sus discípulos, no les da de su sabiduría, sino, más bien, de su fe-y de su afecto. Si él es sabio de verdad, no os pedirá que entréis en la casa de su, sabiduría, sino que os guiará, más bien, hasta el umbral de vuestro propio espíritu. El astrónomo puede hablaros de su comprensión del espacio, pero no puede daros ese conocimiento. El músico puede cantaros el ritmo que existe en todo ámbito, pero no puede daros el oído que detiene el ritmo ni la voz que le hace eco. Y el que es versado en la ciencia de los números puede hablaros de las regiones del peso y la medida, pero no puede conduciros a ellas. Porque la visión de un hombre no, presta sus alas a otro hombre. Y, así como cada uno de vosotros se halla solo ante el conocimiento de Dios, así debe cada uno de vosotros estar solo en su comprensión de Dios y en su conocimiento de la tierra.

La Amistad

Un joven dijo: Háblanos de la Amistad.

Y él respondió: Vuestro amigo es la respuesta a vuestras necesidades. Él es el campo que plantáis con amor y coseccháis con agradecimiento. -Y él es vuestra mesa y vuestro hogar. Porque vosotros, vais hacia él con vuestro hambre y lo buscáis con sed de paz. Cuando vuestro amigo os hable francamente, no temáis vuestro propio "no", ni detengáis el "sí". Y cuando él esté callado, que no cese vuestro corazón de oír su corazón; Porque, sin palabras, en amistad, todos los pensamientos, todos los deseos, todas las esperanzas nacen y se comparten en espontánea alegría. Cuando os separéis de un amigo, no sufráis; Porque lo que más amáis en él se aclarará en su ausencia, como la montaña es más clara desde el llano para el montañés. Y no permitáis más propósito en la amistad que el ahondamiento del espíritu. Porque el amor que no busca más que la aclaración de su propio misterio, no es amor sino una red lanzada; y solamente lo inútil es cogido. Y haced que lo mejor de vosotros sea para vuestro amigo. Si él ha de conocer el menguante de vuestra marea, que conozca también su creciente. Porque ¿qué amigo es el que buscaréis para matar las horas? Buscadlo siempre para vivir las horas. Porque él está para llenar vuestra necesidad, no vuestro vacío. Y en la dulzura de la amistad, dejad que haya risas y placeres compartidos. Porque en el rocío de las cosas pequeñas el corazón encuentra su mañana y se refresca.

El Hablar

Un erudito dijo: Dinos del Hablar.

Y él respondió: Habláis cuando cesáis de estar en paz con vuestros pensamientos; Y, cuando no podéis morar más en la soledad de vuestro corazón, vivís en vuestros labios y el sonido es una diversión y un pasatiempo. Y en mucho de vuestro hablar el pensamiento es a medias asesinado, Porque el pensamiento es un pájaro del espacio que, en una jaula de palabras, puede, en verdad, abrir las alas, pero no puede volar. Algunos hay entre vosotros que buscan al hablador por miedo a estar solos. El silencio de la soledad revela ante sus ojos su yo desnudo y desean escapar. Y hay quienes hablan y, sin conocimiento ni premeditación, revelan una verdad que no comprenden ellos mismos. Y hay quienes tienen la verdad, pero no la dicen en palabras. Cuando encontréis a vuestro amigo a la vera del camino o en el mercado, dejad que el espíritu en vosotros mueva vuestros labios y dirija vuestra lengua. Que la voz en vuestra voz hable al oído en su oído: Porque su alma guardará la verdad de vuestro corazón, como el sabor del vino es recordado. Cuando el dolor se olvidó y el vaso ya no existe.

El Tiempo

Un astrónomo dijo: Maestro, ¿y el Tiempo? Y él respondió: Mediríais el tiempo, lo inconmensurable. Ajustaríais vuestra conducta y aun dirigiríais la ruta de vuestro. Espíritu de acuerdo con las horas y las estaciones. Del tiempo haríais una corriente a cuya orilla os sentaríais a observarla rodar. Sin embargo, lo eterno en vosotros es consciente de la eternidad de la vida. Y saber que el ayer es sólo la memoria del hoy y el mañana es el ensueño del hoy. Y que aquello que canta y medita en vosotros mora aún en los límites de aquel primer momento que esparció las estrellas en el espacio. ¿Quién de entre vosotros no siente que su capacidad de amar es ilimitada? Y, a pesar de ello, ¿quién no siente ese mismo amor, aunque sin límites, rodeado en el centro de su ser y no moviéndose sino de un pensamiento de amor a otro pensamiento de amor, ni de un acto de amor a otro acto de amor? ¿Y no es el tiempo, como es el amor, indivisible y sin etapas? Pero si, en vuestro pensamiento, debéis medir el tiempo en estaciones; que cada estación encierre todas las otras estaciones. Y que el hoy abrace al pasado con remembranza y al futuro con ansia.

Lo Bueno y lo Malo

Uno de los más viejos dijo: Háblanos de lo Bueno y de lo Malo. Y él respondió:
Puedo hablar de lo bueno en vosotros, no de lo malo. Porque, ¿qué es lo malo sino lo bueno torturado por su propia hambre y su propia sed? En verdad, cuando lo bueno está hambriento, busca alimento aun en cavernas obscuras y, cuando está sediento, bebe hasta dé las aguas muertas. Sois

buenos cuando sois uno con vosotros mismos. Sin embargo; cuando no lo sois, no sois malos. Porque una casa desunida no es un antro de ladrones; es sólo una casa desunida. Y un barco sin timón puede vagar sin rumbo entre islotes peligrosos y no hundirse hasta el fondo. Sois buenos cuando os esforzáis en dar de vosotros mismos. Sin embargo, no sois malos cuando buscáis ganar para vosotros. Porque, cuando lucháis por obtener, no sois más que una raíz que se prende a la tierra y succiona su seno. Seguramente la fruta no puede decir a la raíz: "Sé como yo, madura y plena y dando siempre de tu abundancia." Porque para la fruta el dar es una necesidad, como el recibir es una necesidad para la raíz. Sois buenos cuando estáis completamente despiertos en vuestro discurso. Sin embargo, no sois malos cuando dormís mientras vuestra lengua titubea sin propósito. Y hasta un vacilante hablar puede fortalecer una lengua débil. Sois buenos cuando camináis hacia vuestra meta firmemente y con pasos audaces. No sois, empero, malos cuando vais hacia ella cojeando. Aun aquellos que cojean no retroceden. Pero vosotros que sois fuertes Y veloces, cuidaos de no cojear delante del lisiado, imaginando que eso es bondad. Sois buenos en incontables modos y no sois malos cuando no sois buenos. Sois solamente indolentes y haraganes. Es una lástima que los ciervos no puedan enseñar velocidad a las tortugas. En vuestro anhelo por vuestro yo gigante reposa vuestra grandeza y ese anhelo se encuentra en todos vosotros. Pero en algunos de vosotros esa ansia es un torrente que corre con fuerza hacia el mar llevando los secretos de las colinas y las canciones de los bosques. Y en otros es un hilo de agua que se pierde en ángulos y curvas y se consume antes de alcanzar la playa. Pero, no dejemos que el que mucho anhela le diga al que anhela poco: "¿Por qué eres tan lento y te detienes tanto?" Porque el que es verdaderamente bueno no pregunta al desnudo "¿dónde están tus vestidos?" ni al desamparado " ¿qué ha ocurrido con tu casa?"

La Oración

Una sacerdotisa dijo: Háblanos de la Oración.
Y él respondió: Oráis en vuestra pena y en vuestra necesidad; deberíais también hacerlo en la plenitud de vuestra alegría y en vuestros días de abundancia. Porque ¿qué es la oración sino el expandirse de vuestro ser en el éter viviente? Y si es para vuestra paz que volcáis vuestra oscuridad en el espacio, es también para vuestro deleite el derramar el amanecer de vuestro corazón. Y, si no podéis sino llorar cuando vuestra alma os llama a la oración, ella os enjugará una vez y otra aun llorando hasta gire encontréis la risa. Cuando oráis, os elevéis para hallar en lo alto a los que en ese mismo momento están orando y a quienes no encontraríais sino en la oración. Por lo tanto, que vuestra visita a ese invisible templo no sea más que éxtasis y dulce comunión. Porque, si entrarais al templo solamente a pedir, no recibiréis: Y

si entrarais aun a pedir por el bien de los otros, no seréis oídos. Es suficiente que entréis en el templo invisible. No puedo enseñaros cómo orar con palabras. Dios no oye vuestras palabras sino cuando El Mismo las pronuncia a través de vuestros labios. Y yo no puedo enseñaros la oración de los mares y los bosques y las montañas. Pero vosotros, nacidos de las montañas, los bosques y los mares, podéis hallar su plegaria en vuestro corazón. Y si solamente escucháis en la quietud de la noche, les oiréis diciendo, en silencio: "Nuestro Señor, que eres nuestro ser alado, es Tu voluntad la que quiere en nosotros. Es Tu deseo, en nosotros, el que desea. Es Tu impulso el que, en nosotros, cambia nuestras noches, que son Tuyas, en días, que son Tuyos también. No podemos pedirte nada porque Tú conoces nuestras necesidades antes de que nazcan en nuestro ser: Tú eres nuestra necesidad y dándonos más de Ti, nos lo das todo."

El Placer

Entonces, un ermitaño, que visitaba la ciudad anualmente, se adelantó y dijo: Háblanos del Placer.

Y él respondió, diciendo:

El placer es una canción de libertad, pero no es libertad. Es el florecer de vuestros deseos, pero no su fruto. Es una llamada de la profundidad a la altura pero no es lo profundo ni lo alto. Es lo enjaulado que toma alas, pero no es el espacio confinado. ¡Ay! en verdad verdadera, el placer es una canción de libertad. Y yo desearía que la cantarais con plenitud de corazón, pero no que perdierais el corazón en el canto. Algunos jóvenes entre vosotros buscan el placer como si lo fuese todo y son juzgados por ello y censurados. Yo no los juzgaría ni censuraría. Los dejaría buscarlo. Porque encontrarán el placer pero no lo encontrarán solo; Siete son sus hermanas y la peor de ellas es más hermosa que el placer. ¿No habéis oído del hombre que escarbaba la tierra buscando raíces y encontró un tesoro? Y algunos mayores entre vosotros recuerdan los placeres con arrepentimiento, como faltas cometidas en embriaguez. Pero el arrepentimiento es el nublarse de la mente y no su castigo. Deberían ellos recordar los placeres con gratitud, como lo harían de la cosecha de un verano. Sin embargo, si los conforta el arrepentirse, dejad que se arrepientan. Y algunos hay, entre vosotros, que no son ni jóvenes para buscar, ni viejos para recordar. Y, en su miedo a buscar y recordar, huyen de todos los placeres para no olvidar el espíritu u ofenderlo. Pero esa renuncia misma es su placer. Y, así, ellos también encuentran un tesoro, escarbando con manos temblorosas para buscar raíces. Pero, decidme, ¿quién es el que puede ofender al espíritu? ¿Ofende el ruiseñor la quietud de la noche o la luciérnaga ofende a las estrellas? Y ¿molestan al viento vuestro fuego o vuestro humo? ¿Creéis que es el espíritu un estanque quieto que podéis enturbiar con un bastón? A menudo, al negaros placer, no hacéis otra cosa que guardar el deseo en los recesos de vuestro ser. ¿Quién no sabe que lo que parece omitido, aguarda el mañana? Aun vuestro cuerpo sabe de su herencia y su justa necesidad y no será engañado. Y vuestro cuerpo es el arpa de vuestra alma. Y sois vosotros los que podéis sacar de él dulce música o confusos sonidos. Y ahora vosotros preguntáis en vuestro corazón: " ¿Cómo distinguiremos lo que es bueno de lo que no es bueno en el placer?" Id a vuestros campos y a vuestros jardines y aprenderéis que el placer de la abeja es reunir miel de las flores. Pero es también el placer de la flor el ceder su miel a la abeja. Porque, parada abeja, una flor es fuente de vida. Y, para la flor, una abeja es un mensajero de amor, Y para ambos, abejas y flor, el dar y el recibir placer son una, necesidad y un éxtasis. Pueblo de Orfalese, sed en vuestros placeres como las abejas y las flores.

La Belleza

Un poeta dijo: Háblanos de la Belleza.
Y él respondió:
¿Dónde buscaréis la belleza y cómo haréis para encontrarla a menos que ella misma sea vuestro camino y vuestro guía? ¿Y cómo hablaréis de ella, a menos que ella misma teja vuestro hablar? El agraviado y el injuriado dicen: "La belleza es gentil y buena. Camina entre nosotros como una madre joven, casi avergonzada de su propia gloria." Y el apasionado dice: "No, la belleza es cosa de poder y temor, Como una tempestad sacude la tierra bajo nuestros pies y el cielo sobre nosotros." El cansado

y rendido dice: "La belleza es hecha de blandos murmullos. Habló en nuestro espíritu. Su voz se rinde a nuestros silencios como una débil luz que se estremece de miedo a las sombras." Pero el inquieto dice: "La hemos oído dar voces entre las montañas. Y, con sus voces, se oyó rodar de cascos y batir de alas y rugir de leones." Durante la noche, los serenos de la ciudad dicen: "La belleza vendrá del este, con el alba." Y, al mediodía, los trabajadores y los viajeros dicen: "La hemos visto inclinarse sobre la tierra desde las ventanas del atardecer." En el invierno, dice el que se halla entre la nieve: "Vendrá con la primavera, saltando sobre las colinas." Y, en el calor del verano, los cosechadores dicen: "La vimos danzando con las hojas de otoño y tenía un torbellino de nieve en su pelo." Todas estas cosas habéis dicho de la belleza. Pero, en verdad, hablasteis, no de ella, sino de vuestras necesidades insatisfechas. Y la belleza no es una necesidad, sino un éxtasis. No es una sedienta boca, ni una vacía mano extendida. Sino, más bien, un corazón ardiente y un alma encantada: No es la imagen que veis ni la canción que oís. Sino, más bien, una imagen que veis cerrando los ojos y una canción que oís tapándoos los oídos. No es la savia que corre debajo de la rugosa corteza, ni el ala prendida a una garra. Sino, más bien, un jardín eternamente en flor y una bandada de ángeles en vuelo eternamente. Pueblo de Orfalese, la belleza es la vida, cuando la vida descubre su sagrado rostro. Pero vosotros sois la vida y vosotros sois el velo. La belleza es la eternidad que se contempla a sí misma en un espejo. Pero vosotros sois la eternidad y vosotros sois el espejo.

La Religión

Y un viejo sacerdote dijo: Háblanos de la Religión. Y él respondió: ¿Acaso he hablado hoy de otra cosa? ¿No son todos los actos y todas las reflexiones, religión? ¿Y aún aquello que no es acto ni pensamiento, sino un milagro y una sorpresa brotando siempre en el alma, aun cuando las manos pican la piedra o atienden el telar? ¿Quién puede separar su fe de sus acciones o sus creencias de sus ocupaciones? ¿Quién puede desplegar sus horas ante sí mismo diciendo: "Esto para Dios y esto para mí; esto para mi alma y esto para mi cuerpo?" Todas nuestras horas son alas que baten a través del espacio de persona a persona. El que usa su moralidad como su más bella vestidura mejor estaría desnudo. El sol y el viento no desgarrarían su piel. Y aquél que define su conducta por medio de normas, apresará su pájaro cantor en una jaula. El canto más libre no sale detrás de alambres ni barrotes. Y aquél para quien la adoración es una ventana que puede abrirse pero también cerrarse, no ha visitado aún la mansión de su espíritu cuyas ventanas se extienden desde el alba hasta el alba. Vuestra vida de todos los días es vuestro templo y vuestra religión. Cada vez que en él entréis llevad con vosotros todo lo que tenéis. Llevad el arado y la fragua, el martillo y el laúd. Las cosas que habéis hecho por gusto o por necesidad. Porque en recuerdos, no podéis elevaros por encima de vuestras obras ni caer más bajo que vuestros fracasos. Y llevad con vosotros a todos los hombres. - Porque, en la adoración, no podéis volar más alto que sus esperanzas ni humillaros más bajo que su desesperación. Y si llegáis a conocer a Dios, no os convirtáis en aclaradores de enigmas. Mirad más bien alrededor de vosotros y lo veréis jugando con vuestros hijos. Y mirad hacia el espacio; lo veréis caminando en la nube, desplegando sus brazos en el rayo. y descendiendo en la lluvia. Lo veréis sonriendo en las flores y elevándose luego para agitar sus manos en los árboles.

La Muerte

Almitra, entonces, habló, diciendo: Os preguntaríamos ahora sobre la Muerte.

Y él respondió: Desearíais saber el secretó de la muerte. ¿Pero cómo lo encontraréis á menos de buscarlo en el corazón de la vida? El mochuelo, cuyos ojos atados a la noche son ciegos en el día, no puede descubrir el misterio de la luz. Si, en verdad, queréis contemplar el espíritu de la muerte, abrid de par en par vuestro corazón en el cuerpo de la vida. Porque la vida y la muerte son una, así como el río y el mar son uno también. En el arcano de vuestras esperanzas y deseos reposa vuestro conocimiento silencioso del más allá: Y como las semillas soñando bajo la nieve, vuestro corazón sueña con la primavera. Confiad en los sueños, porque en ellos el camino a la eternidad está escondido. Vuestro miedo a la muerte no es más que el temblor del pastor cuando está en pie ante el rey, cuya mano va a posarse sobre él como un honor. ¿No está, acaso, contento el pastor, bajo su miedo de llevar la marca del rey? ¿No lo hace eso, sin embargo, más consciente de su temblor? Porque, ¿qué es morir sino erguirse desnudo? Y, ¿qué es dejar de respirar, sino el liberar el aliento de sus inquietos vaivenes para que pueda elevarse y expandirse y, ya sin trabas, buscar a Dios? Sólo cuando bebáis el río del silencio cantaréis de verdad. Y, cuando hayáis alcanzado la cima de la montaña es cuando comenzaréis a ascender. Y, cuando la tierra reclame vuestros miembros, es cuando bailaréis de verdad.

La Partida

Era ya la noche. Y Almitra, la profetisa, dijo: Sea bendecido este día y este lugar y tu espíritu que ha hablado. Y él respondió, ¿Fui yo el que habló? ¿No fui también uno de los que escucharon? Descendió, entonces, las gradas del Templo y todo el pueblo lo siguió. Y él llegó a su barco y se irguió sobre el puente. Y, mirando de nuevo a la gente, alzó la voz y dijo: Pueblo de Orfalese: el viento me obliga a dejaros. No tengo la prisa del viento, pero debo irme. Nosotros, los trotamundos, buscando siempre el camino más solitario, no comenzamos un día donde hemos terminado otro y no hay aurora que nos encuentre donde nos dejó el atardecer. Viajamos aun cuando la tierra duerme. Somos las semillas de una planta tenaz y es en nuestra madurez y plenitud de corazón que somos dados al viento y esparcidos por doquier. Breves fueran mis días entre vosotros y aún más breves las palabras que he dicho. Pero, si mi voz se hace débil en vuestros oídos y mi amor se desvanece en vuestra memoria, entonces, volveré. Y, con un corazón más rico y unos labios más dóciles al espíritu, hablaré. Sí, he de, Volver con la marea. Y, aunque la muerte me esconda y el gran silencio me envuelva, buscaré, sin embargo, nuevamente vuestra comprensión. Y mi búsqueda no será en vano: Si algo de lo que he dicho es verdad, esa verdad se revelará en una voz más clara y en palabras más cercanas a vuestros pensamientos. Me voy con el viento, pueblo de Orfalese, pero no hacia la nada;" Y, si este día no es la realización plena de vuestras necesidades y mi amor, que sea una promesa hasta que otro día llegue. Las necesidades del hombre cambian, pero no su amor, ni su deseo de que este amor satisfaga sus necesidades. Sabed, pues, que desde el silencio más grande, volveré.

FIN

Made in the USA
Columbia, SC
12 August 2024

40337596R00178